"안녕하세요, 그런데 누구시죠?"

"안녕하세요, 그런데 누구시죠?"

2016년 3월 31일 초판 1쇄 펴냄

펴낸곳 도서출판 **삼인**

지은이 랄프 스쿠반
옮긴이 정범구
펴낸이 신길순
부사장 홍승권
편집 김종진 김하얀
총무 함윤경
교정 성연이

등록 2004.11.17 제313-2004-00263호
주소 120-828 서울시 서대문구 연희동 220-55 북산빌딩 1층
        (서울시 서대문구 성산로 312)
전화 (02) 322-1845
팩스 (02) 322-1846
전자우편 saminbooks@naver.com

디자인 디자인 지폴리
인쇄 수이북스
제책 은정제책

ISBN 978-89-6436-112-2 03810

값 12,000원

"
안녕하세요,
그런데 누구시죠?
"

삶, 죽음, 망각에 관한 이야기

랄프 스쿠반 지음 | 정범구 옮김

삼인

이 책은 실제 이야기들을 다루고 있다. 대부분의 이야기들은 죽음으로 연결된다.

죽음! 우리 존재의 극한인, 모든 살아 있는 것이라면, 당신과 나 역시 반드시 한 번은 넘어야 하는 경계. 우리가 죽는다는 것은 모두가 아는 사실이지만, 그저 머리로만 알고 있을 뿐 누구도 이를 가슴으로 받아들이려 하지 않는다. 머리로나마 안다는 것이 도움이 될 수도 있겠지만 실제로 경험해 보는 것에는 미치지 못한다.

죽음, 그리고 그에 대한 우리의 인식은 인도의 서사시 『마하바라타*Mahabharata*』에 나오는 한 대화에 잘 묘사되어 있다. 두루미의 모습을 한 현자가 전사戰士 유디슈티라에게 묻는다. "세상에서 제일 놀라운 일이 무엇인지 아느냐?" 유디슈티라가 대답했다. "사람들은 아무도 자기가 죽을 수 있다는 것을 생각하지 않아요. 자기 주변의 모든 사람이 죽는 것을 보면서도 말이죠."

나는 실제로 많은 사람이 죽는 것을 보았다. 물론 사는 것도.

내가 만났던 어떤 이들은 건강한 사람들보다 더 행복해 보이기도 했다. 인간의 육체와 정신의 유약함을 직접 대면하게 된 것은 내 인생에 있어서 각별한 순간들이었다. 내 직업은 간병을 필요로 하는 사람들, 주로 치매 환자들을 죽을 때까지 돌보는 일이었다.

나는 서른 명의 중환자를 보호하는 작은 요양원의 책임자다. 어느 정도는 우연히 택하게 된 직업이었다.

나는 인간들이 어떻게 늙고, 병들고, 치매에 걸리고, 죽어가는지 25년 동안 매일매일 새롭게 겪으며, 인간의 한계와 그로 인한 환자와 가족 들의 고통을 본다. 그리고 나 역시 스스로의 한계, 내가 버텨낼 수 있는 한계가 어디까지인지를 본다.

내 직업은 나로 하여금, 간병을 현행의 "요양 시스템" 안에서 유지할 것을 요구한다. 모든 종사자를 이해할 수 없는 외부 규정으로 속박하고 무기력감을 느끼게 하는 이 시스템, 정책적으로는 그럴듯한 수사로 가득 차 있지만 현실과는 괴리된 이 시스템 안에서 말이다. 심지어 요양업 종사자들은 사실에 입각한 올바른 관찰보다 자극적인 이야깃거리만을 찾는 언론 환경 속에서 일해야 한다. 또한 요양 업무를 기획하고 자료화하며 요양 기관들이 제대로 관리되는지 알고 싶어 하는 국가기관들은 요양 부문에서 일하는 이들의 의욕을 북돋아주기는커녕, 실행할 수도 없는 방법들을 강요함으로써 종사자들의 사기를 꺾고 화나게 하는 일이 비일비재하다. 국가기관들의 관료적 유별남이라고나 할까? 왜 보건 분야에서 그렇게 많은 사람이 낙관주의와 삶의 빛을 잃고 소진돼버리는지 나는 충분히 이해한다. 나 역시 이제 그 지점에 와 있다. 한계 지점에.

'다른 이들의 한계와 나의 한계.' 이것이 진실과 의미를 찾는 노력의 배경이 되기도 한다. 학문의 길에서 나는 삶의 중요한 문제들에 대한 어떤 답도 찾지 못했다. 기껏해야 학문은 대답해야 할 질문의 숫자를 더 늘려놨을 뿐이다. 정치학 박사학위를 딴 후에 내가 느꼈던 감정은 이런 것이었다. 그 수많은 날 동안 애써 공부하며 지적인 논문들을 모두 섭렵했지만, 그것이 내가 첫 들숨과 함께 삶을 시작하고 마지막 날숨으로 인생을 마감하는 그 시간 사이를 어떻게 의미 있게 보낼까 혹은 보낼 수 있을까 하는 고민 앞에서 무슨 의미가 있겠나 하는 것. 나는 학문으로부터 내 질문에 대한 어떠한 답도 찾을 수 없었다.

질문은 이런 것들이었다. 나는 어디에서 왔는가? 나는 왜 여기에 있는가? 나는 여기서 무엇을 해야 하는가? 죽으면 어디로 가는가? 왜 세상에는 이토록 많은 고통이 있는가? 이런 모든 질문을 따져보면 단 하나의 근본적 질문에 다다른다. "나는 누구인가?" 더 일반적으로 표현해본다면, "인간이란 과연 무엇인가?"

우선 내가 누구인지를 정확히 안다면 무엇을 해야 하는지도 알 수 있을 것이다. 우리가 의식하든 의식하지 않든 스스로를 어떻게 이해하느냐에 따라 행동이 결정된다. 그러니까 스스로가 만든 스스로의 모습이 삶과 행동의 기초, 즉 무엇이 옳고 그른지, 무엇을 원하고 원치 않는지 판별하는 기초가 된다는 말이다.

내가 학문에서 아무런 답을 찾지 못했다고 해서 학문을 비난하는 것은 아니다. 의미와 행복을 찾는 것이 학문의 몫은 아니기 때문이다. 그리고 학문은 우리가 실제로 가진 유일한 것—우리의 삶—에 대해 아무것도 말해주지 않는다. 그러나 누군가가, 정신이 망가지고 죽음이 머지않은, 게다가 그 죽음이란 것도 유감스럽지만 옛날 중국 철학자 장자莊子가 권한 것처럼 삶이란 무대에서의 아름다운 퇴장, 즉 "가벼운 퇴장"도 아닌 경우가 대부분인 사람들을 무수히 만나온 사람이라면, 그리고 그들의 쉽지 않은 죽음을 볼 뿐 아니라 그 한가운데 서 있는 사람에게라면 이 질문이 절박하게 다가올 것이다. "나는 누구인가?"

이 책은 실제의 이야기들을 다룬다. 그것은 삶과 죽음에 관한 이야기들이다. 아주 다양한 형태의 경계에 관한 이야기들이다. 그러나 희망과 사랑에 관한 이야기이기도 하다. 영생 혹은 불멸에 관한 이야기이기도 하다. 각각의 사례는 내가 직접 겪은 개인들의 운명에 대한 것이다. 그것은 우리들 존재의 의문에 대해 엄중하게 묻는다. 우리는 누구이고, 여기서 무엇을 해야 하는지를.

·차례·

결정적 계기

　　　　　　　　　　살다보면 모든 것이 바뀌게 되는
시점이 있다. 내 경우에는 그것이 25년 전, 전화번호 안내 상
담원과의 짧은 통화에서 시작되었다. 그 당시 나는 뮌헨 남
부의 작은 마을에 있는 요양원 전화번호를 찾고 있었다. 어
머니가 대학 입학 전까지 남은 몇 달 동안 용돈이라도 벌어
보라며 요양원 일자리를 권했기 때문이다.

　　나는 뮌헨 대학 음악교육과에 합격해 입학을 앞두고 있
었다. 음악은 내 모든 것이었다. 그때 내 머릿속에는 기타 말
고는 아무것도 들어 있지 않았다. 여러 개의 밴드에서 기타
리스트로 활동하며 음악을 만들었다. 오로지 음악과 관련된
것만 직업으로 선택하고자 했다. 그러다가 갑자기 그 전화
한 통이 끼어들었다.

　　어머니의 제안은 일견 타당해 보였는데, 왜냐하면 내

가 대학 입학 전 2년 동안 지적장애인을 위한 학교에서 공익요원[1]으로 일한 적이 있었기 때문이다. 그곳에서 나는 비공식적으로 이른바 "심화반"에 투입되었는데, 그 반은 특히 심한 장애를 가진 아이들이 모인 곳이었다. 심화반에서는 정규 수업보다 아이들을 제대로 돌보는 것이 급선무였다. 아이들은 읽기, 쓰기, 계산하기 따위는 배워본 적도 없는 것 같았고, 말도 제대로 하지 못했다. 그저 매일매일 살아가는 데 필요한 기초적인 일들만 주어졌다. 나는 아이들을 지켜보고, 먹는 것과 배설하는 것을 도와주고, 움직이고 소통하는 것을 가장 단순한 형태로 도와줄 뿐이었다.

아이들의 인지 능력은 거의 없는 것과 마찬가지였다. 예를 들면 엘리아스란 작은 그리스 소년이 있었는데 그 애는 극심한 간질 발작으로 괴로워하고 있었다. 엘리아스는 머리로 벽을 자주 들이받았고, 그때마다 웃었다. 통증을 거의 느끼지 못하는 것 같았다. 의사들은 엘리아스가 오래 살지는 못할 거라고 말했다. 그러나 그 애는 모든 사람이 생각했던 것보다 훨씬 오래 살았다.

내가 더 마음이 쓰였던 것은 페터의 경우다. 페터는 늘 바닥에 깔린 매트리스 위에서 지냈다. 스스로의 힘으로 일어나 앉는 것은 불가능했다. 머리와 팔 하나만 자기 마음대로 움직일 수 있었다. 그런데도 페터는 자주 웃었다. 그 애는 심화반의 다른 아이들과 달리 태어났을 때는 건강한 아이였다.

페터는 술 취한 사람이 운전하는 차에 아빠, 형과 함께 들이받혔다. 아버지는 목숨을 건졌지만 형은 즉사했다. 그리고 엄마는 이 모든 광경을 길가에서 지켜보고 있어야 했다.

이 아이들이 살아가는 모습을 보고 있노라면 왜 이렇게 살아야 하는가, 삶이란 도대체 무엇인가 하는 질문들이 자주 떠올랐다. 그러나 그때는 이런 문제에 깊이 천착하지 못했다. '어쨌든 그런 현실도 있는 거니까. 좀 심하다 뿐이지' 하는 정도로 스스로를 달랬을 뿐이다.

아무튼 보호가 필요한 아이들을 돌본 경험이 있었으니 어머니의 제안은 충분히 설득력이 있었다. '몇 달쯤 요양원에서 일하는 게 뭐 어때? 아이들 대신 노인을 돌본다는 건데. 늙은이들이란 따져보면 인생 역정의 다른 쪽에 서 있다 뿐, 아이들과 다른 것이 있겠어? 늙으면 애가 된다는 말도 있잖아. 어린애들과 늙은 애들, 서로 맞물려 도는 원圜 같은 것이겠지……' 이런 생각 끝에 전화번호 안내 센터로 다이얼을 돌렸던 것이다. 그리하여 결국 그 전화번호로—이제는 내가 받는 전화가 되었지만—전화를 걸게 되었고, 그것이 이후 수십 년 동안의 내 삶을 결정짓는 선택이 되었다.

좋은 아침입니다,
아름다운 부인이시여!

때때로 비극과 희극은 서로 아주 가까이 있다. 회플러 부인이 내 사무실에 앉아 있다. 그녀가 입을 열었다. "스쿠반 씨, 그거 아세요? 제가 남편을 이대로 집에 놔두면 안 되겠다고, 요양원으로 옮겨야겠다고 생각하게 된 게 언제인지요?"

나는 그녀를 주의 깊게 바라볼 뿐이었다.

"어느 날 아침에 눈을 떴을 때였어요. 남편이 저를 바라보고 있더라고요. 그러더니 다정히 웃으면서 말하는 거예요. '좋은 아침입니다, 아름다운 부인. 그런데 누구신지요?'"

회플러 부인의 눈에 눈물이 어렸다. 나는 어찌해야 할지 몰라 웃는 수밖에 없었다. 그러자 그녀도 따라 웃었다. 이 상황에서 웃지 않았다면 오히려 분위기가 더 이상해졌을 것이다.

부부 사이에서 치매가 발병하면 매우 힘들다. 부모가 치매에 걸려 요양이 필요한 경우보다 훨씬 힘들다. 물론 부모가 노쇠해져서 무너지는 것 역시 자식으로서는 부담스럽고 견디기 힘든 일이지만, 어찌 보면 노화에 따른 자연스러운 수순으로 받아들일 수도 있는 일이다. 그러나 치매가 배우자에게 일어난다면 사정이 달라진다. 사람이 늙으면 병들어 죽는 것은 어쩔 수 없는 철칙이다. 그러나 그 사람이 평생을 같은 침대에서 잠들고 함께 아침을 맞이했던 사람이라면, 그런데 이제 치매에 걸려 더 이상 자기를 알아보지 못한다면, 그고통은 엄청날 수밖에 없다. 나라면 그걸 쉽게 견뎌낼 수 없었을 것이다.

그러나 사람들이 늙어가면서 이런 일들은 더 자주 발생하게 된다. 배우자의 경우에는 대부분 이것을 오래 버티지 못한다. 더구나 배우자 역시 노인이라면 압박과 부담을 매우 크게 느낄 수밖에 없다.

회플러 부인은 이제 50대 초반으로, 알츠하이머병에 걸린 남편보다 아주 젊었다. 그렇지만 그녀는 남편을 더 이상 직접 돌볼 수 없다고 했다. 남편은 이제 그녀가 알고 사랑했던 남자가 아닌, 옛날 몸통에 들어 있는 낯선 사람이 되어버린 것이다.

"좋은 아침이군요, 아름다운 부인. 그런데 누구신지요?"

그녀는 직장 때문에도 집에서 남편을 돌볼 수 없었다.

그녀 외에는 남편을 돌봐줄 수 있는 혹은 돌보려고 하는 사람이 없었기 때문이다.

간병은 아무나 할 수 있는 것이 아니다. 나는 오랫동안 노인 요양 부문에서 일하고 있지만, 만약 내 부모를 간병해야 한다면 무척 힘들 것이다. 부모님도 이미 여러 차례 본인들 역시 그건 원하지 않는다고 말씀하셨다. 내가 입장을 바꿔 생각해봐도 그렇다. 내 부모든 배우자든, 사랑하는 이들이 나를 간병하는 일은 없어야 한다.

아마 이런 말이 소위 "전문가"의 입에서 나온다는 것이 이상할 것이다. 그러나 바로 그 때문에 더욱 그런 것이다. 그건 내가 오랫동안 이미 직업적인 간병 업무에 종사해왔기 때문에 그렇게 말할 수 있는 것이다. 물론 실제로 어떻게 될지는 상황에 따라 달라질지도 모른다. 우리가 막판에 어떤 결정을 내리게 될지는 지금으로서는 알 수 없기 때문이다. 그저 죽음이 갑작스럽게, 그리고 쉽게 다가오기를 비는 수밖에!

회플러 부인은 정기적으로 남편을 찾아왔다. 남편은 그녀를 예쁘지만 낯선 여인으로 취급하며 요양원에 있는 다른 모든 여인을 대하는 것처럼 행동했다. 그는 자신의 욕망을 감추려고 하지 않았다. 마치 옳고 그른 행동을 검열하는 뇌기능이 죽어버린 사람 같았다. 그는 완전히 자유였다. 아무 거리낌 없이 훌러덩 벗고 나다니기 일쑤였다. 남편이 벌거벗은 채, 치마만 둘렀다 하면 아무나 쫓아다니는 모습을 바라보아야 하는 것은 회플러 부인으로서는 끔찍한 일이었다.

회플러 부인의 남편은 늙었지만 점잖고 품위가 있었으며 눈치도 빠른, 대외적으로 완벽하게 처신하던 사람이었다. 그랬던 그가 이렇게 되다니!

그는 이제 아무것도 신경 쓰지 않는다. 모든 게 재미있을 뿐이다. 오직 자신의 본능만 따라 행동할 뿐 그것이 나쁜 일인지는 전혀 생각하지 않는다.

회플러 부인은 무척 슬프게 울었다. 우리는 자주 이야기를 나누었다. 절망에 빠진 환자의 가족들과 대화하는 것도 중요한 일과 중 하나였다. 어떤 점에서 그 일은 내게 즐거움을 주기도 했다.

낙심한 이들에게서 즐거움을 느낀다고? 아니, 그런 뜻이 아니다. 가족들의 이야기를 듣다보면, 어디서도 털어놓을 수 없는 고통을 함께 나눌 누군가가 있다는 것이 가족들에게 얼마나 좋은 일인지를 느끼게 되는 시점이 있다는 말이다. 치매의 경우 당사자보다 가족들이 더 힘든 경우가 많기 때문이다.

치매가 깊을수록 당사자는 즐겁고 신난다. 그러나 가까운 이가 정신적으로 점점 죽어가는 것을 지켜보아야 하는 것은 남겨진 사람들로서는 끔찍한 일이다.

나는 환자의 가족들과 긴 대화를 많이 나누었다. 그리고 삶과 죽음, 영성 또는 삶의 의미와 목적 등에 대해 이야기를 나누면서 이들의 슬픈 어깨가 가벼워지고 눈물이 점차 미소로 바뀌어가는 것을, 이들이 어둠 속에서 한 줄기 가느다란 빛을 찾아내는 것을 느낄 수 있었다. 가끔 이런 순간을 목격할 때 참 좋았다. 아주 작고 보잘 것 없는 불빛일지라도 내가 그 불빛을 밝히는 이가 된 것 같은 느낌이었다. 아무리 가냘픈 빛줄기라도 캄캄한 것보다는 낫지 않겠는가?

회플러 부인은 남편이 죽고 나자 아주 홀가분해했다. 물론 매우 깊은 슬픔이 있었다. 그러나 한편으로는 역시 구원이었다. 나이 쉰이면 아직 늙은 것이 아니다. 어딘가 새로운 삶, 어쩌면 행운이 기다리고 있을지도 모를 일이다.

"아름다운 여인이시여, 그런데 누구신지요?"처럼, 어디에선가 어두운 과거를 밝게 비춰줄 새로운 사랑이 시작될지도 모를 일 아니겠는가?

첫 만남

케르테스 씨는 내가 처음 돌봤던 사람들 중 하나다. 그는 인생을 통틀어 남겨 놓은 것이 별로 없었다. 케르테스 씨는 노동자로 전 세계를 떠돌며 살았다. 헝가리에서 태어나 오스트레일리아와 독일에서 오랫동안 일했다. 그래서 헝가리어, 영어, 독일어가 마구 뒤섞인, 아주 희한하고 알아듣기 힘든 말을 썼다. 기억을 되짚어보면 케르테스 씨는 의식이 또렷했고, 요구 사항도 많았던 것 같다. 그리고 남의 기분을 상하게 만들기 일쑤였다. 기분이 상하는 것은 제정신인 사람에 의해서만 가능하다. 상대가 정신 나간 사람이라면 그가 아무리 심한 말을 내뱉어도 상처받지 않는다. 정신이 온전치 않은 사람은 자기가 무슨 짓을 하는지 모르기 때문이다. 이 사실을 우리가 받아들인다면 문제는 완전히 달라진다. 그렇게 보면 상처받는다는 것은 무엇보다 우리 생각 속에서 일어나는 것일뿐 사실상 아무 실체가 없는 것이다. 말하자면 '상처받는다'는 것은 근본적으로 착각일 뿐이다.

케르테스 씨는 상태가 아주 나빴으니, 그가 늘 짜증을 내고 투덜거리는 것은 놀랄 일이 아니었다. 그의 부인은 벌써 오래전에 그를 떠났고, 어딘가 딸이 하나 있다고 했지만 연락이 끊어진 상태였다. 다른 가족은 없었다. 쇠약해진 케르테스 씨의 몸은 통증 덩어리였다.

그 당시 케르테스 씨는 채 일흔도 안 된 나이였지만, 잦은 음주와 당뇨 때문에 시력을 잃은 상태였다. 배는 망가진 간 때문에 기괴할 정도로 부풀어 올랐고 피부는 매우 건조했는데, 어찌 보면 생선 몸통처럼 보였다. 그 몸통에 가느다란 팔다리, 그리고 유난히 커 보이는 머리가 달려 있었다. 발뒤꿈치는 속살이 보일 정도로 까져 있었지만 쉽게 아물지 않고 있었다.

케르테스 씨는 요도에 소변줄을 끼우고 있었다. 고무로 된 소변줄은 음경 속을 관통하고 있었다. 하느님 맙소사, 왜 소변줄을 복부로 끼우지 않았던 걸까! 1980년대 말에는 의술이 거기까지 발달하지 못했던 모양이다. 소변줄이 요도에 늘 삽관되어 있는 상태에서 케르테스 씨는 끊임없이 고통받고 신경이 곤두섰을 것이다. 매일 아침마다 요도 입구에 누렇고 끈적이는 액체가 고여 있었다. 그걸 닦아내는 일도 쉽지는 않았지만, 그때마다 케르테스 씨는 엄청난 고통을 감내해야 했다. 출혈도 자주 있었다.

두세 달마다 한 번씩 소변줄을 교체하기 위해 비뇨기과 의사가 찾아왔다. 케르테스 씨는 의사가 오기 몇 시간 전에 진통제를 맞았다. 그러나 진통제도 소용이 없었다. 그는 늘 울부짖었다. 굵은 빨대 정도의 고무관을 염증투성이 요도에서 빼내고 새것을 끼워 넣는 것이 얼마나 진저리 칠 일인지, 남자들이라면 아마 길게 설명하지 않아도 잘 알 것이다. 케르테스 씨에게 그것은 언제나 유혈이 낭자하고 끔찍한 고통을 수반하는 절차였다. 그는 "요이, 요이, 요이!" 하고 울부짖었다. 요양원 안의 모든 사람이 그 소리를 들어야 했다. "요이, 요이, 요이!" 나는 그 비뇨기과 의사를 증오했다.

케르테스 씨는 먹는 것과 관련해서는 매우 까다로운 편이었다. 사실 씹는 것 자체가 쉽지 않았다. 이뿌리가 다 삭아서 틀니가 제자리에 잘 앉지를 못했다. 그리고 틀니가 커서인지 씹을 때마다 덜걱거리는 소리가 났다. 그러나 먹는 것은 케르테스 씨가 무엇보다 좋아하는 일이었다. 그마저 없었다면 무슨 낙으로 살았겠는가? 그는 손을 잘 못 썼기 때문에 우리는 식사 때마다 음식을 먹여줘야 했다.

이 경우, 나는 식사를 "제공하다" 대신 "먹여주다"라는 말을 쓰고 싶다.[2]

그런데 요양 부문에서는 이런 용어를 사용하기 꺼리는 듯하다. "먹여주다"가 성인의 인격을 폄하하는 것 같은 느낌을 주기 때문에 정치적으로 올바른 표현이 아니라는 것이다.

나로서는 이 말이 왜 성인의 품격을 훼손하는 것인지 도통 이해할 수 없다. 어린아이에게는 "먹여준다"란 말을 쓰면서 말이다.

어쨌든 오늘날, 그러니까 우리는 음식을 제공한다. "제공", 난 이 말에서 자판기를 떠올린다. 컴퓨터 키보드도 떠오른다. 또는 건축 담당 부서에 서류를 제출하는 장면이라든가. 도대체, 기술 관료적인 개념 아닌가? 어쩌면 이미 요양의 세계는 냉혹하고 관료적이며 기술 위주의 풍토가 돼버렸고, 거기에 아주 잘 어울리는 개념일지도 모르겠다.

정치학 박사로서 나 역시 전문 용어를 사용하는 데 익숙하다. 사실 "전문 용어" 또는 "개념"은 학문—아주 간단한 사실조차 괴상한 언어로 부풀리는—의 과학성을 총체적으로 의미하는 것이다. 언어라는 것이 삶의 실체에서 이토록 괴리될 수 있는 것인지!

케르테스 씨는 구운 감자 요리[3]를 좋아했다. 나는 거의 매일 저녁 그에게 이것을 만들어주었다. 다른 사람들이 저녁 식사를 끝낸 후 부엌이 한가한 틈을 타 요리했다. 그때 요양원에는 서른 명이 넘는 환자가 있었고, 이들을 돌보는 요양사는 두 명이었다. 이건 오늘날 요양원들의 실태와 비교했을 때 그렇게 나쁜 상황은 아니었다. 나는 두 명이 130명의 환자를 돌본다는 곳의 간호사도 만나봤고, 심지어 야간 근무 때 80명의 환자를 담당한다는 간호사도 만나봤다. 게다가 이들은 안 그래도 빡빡한 근무 시간에, 실무에는 별 도움도 안 되는 잡다한 서류 작업까지 해내야 한다. (이건 별로 놀라운 일이 아니다. 보건 분야의 어떤 일들은 이보다 훨씬 더 말이 안 되는 것들도 있다.) 그러니까 두 명의 요양사가 서른 명의 환자를 돌본다는 건 그다지 좋다고 할 수는 없지만, 그냥 꾸려가야 하는 것이다. 그런데 여기에 더해 밤마다 따로 감자를 굽고 모든 환자의 식기를 손으로 일일이 설거지해야 한다는 건 그리 간단하지 않다. 그러나 어쩌겠는가?

케르테스 씨에게 음식을 먹일 때, 가끔 그는 그 순간을 즐기고 있는 것 같은 표정을 지었다. 영원히 감겨버린 눈이긴 하지만 그 눈을 지그시 감고 말하는 것이었다.

"좋아요, 랄프 씨. 베리 굿!"

그의 틀니가 딸깍거렸다. 잠깐 동안이지만 지극히 행복한 순간이었다. 그의 마음에도 한 줄기 밝은 빛이 들었다. 이런 순간에는 짧지만 대화도 가능했다.

그리고 여러 해가 흘러 여기 앉아 글을 쓰는 지금, 나는 그때보다 훨씬 더 케르테스 씨가 내 마음에 와 닿는 것을 느낀다.

나 역시 늙어간다. 그리고 매일매일 한 발짝씩 더 죽음에 다가서고 있다. 나는 왜 여기 있는가? 내 삶의 목표는 무엇인가? 내게도 케르테스 씨 같은 종말이 닥칠까? 왜 그는 그토록 많은 고통에 시달려야만 했을까?

한번은 케르테스 씨와 싸운 적이 있다. 그때 내가 왜 그랬는지는 기억이 나지 않는다. 아마도 뭔가가 케르테스 씨에게 제때 제공되지 않았고, 그래서 그가 참지 못하고 성질을 부렸던 것 같다.

케르테스씨가 소리쳤다. "에이, 씨팔!"

나로서는 참을 수 없는 일이었다. 그래서 지지 않고 냅다 소리쳤다.

"나한테 왜 이래? 이제 구운 감자 해주나 봐라!"

아마 이런 식으로 되받아쳤던 것 같다. 그러고는 그의 방을 나와버렸다. 아마도 그는 상처받았을 것이다. 나 역시 그랬으니 말이다. 30분 정도 지났을 때 그가 나를 찾아와 사과했다.

"랄프 씨, 아임 쏘리!"

나도 그에게 사과했다. 우리 사이에는 다시 평화가 찾아왔다. 용서의 힘이었다.

케르테스 씨의 죽음은 그에게 구원이었다. 나는 그때 왜 화를 참지 못하고, 그의 아픈 곳을 덧들였던 것일까? 오늘날에도 그 일을 생각하면 매우 후회가 된다. 나 역시 "쏘리"다.

자신이 무슨 짓을 하는지 모르기 위해서 치매에 걸린다면 안 될 일이다.

요양 업무를 맡아본 지 몇 년 되
지 않아 나는 갑자기 요양원 원장을 맡게 되었다. 전혀 계획
에 없던 일이었다. 가끔 나는 스스로에게 묻는다. 만약 내가
그때 전화번호 안내 센터에 전화를 걸지 않았거나 그 만남이
없었더라면, 그래서 다른 길을 걸었다면 내 인생은 지금 어
떻게 됐을까? 아주 인상적이었던 그 만남은 임사臨死 체험에
관한 것이었다.

핑크 씨는 우리 요양원 환자의 아들이었다. 그는 어머
니가 돌아가신 지 몇 년이 지난 후에도 정기적으로 요양원을
찾아왔는데, 가끔 내게 본인이 경험한 삶과 죽음의 경계에
대해 말해주었다. 그 당시 핑크 씨는 임파선암에 걸려 있었
고 완치가 불가능하다고 했다.

오늘날에도 임파선암으로 죽어가는 사람들이 있다. 우

리 요양원의 요양사였던 카타리나도 그런 경우였다. 그녀는 젊은 나이에 임파선암으로 세상을 떠났다.

핑크 씨의 경우, 모든 치료가 효과가 없었다. 의사들은 고작해야 몇 달밖에 남지 않았다며 그에게 죽음을 준비하라고 일렀다. 그러나 앞서 말했던 "심화반"의 그리스 소년 엘리아스처럼 그는 현대 의학의 모든 예언을 물리치고 살아남았으며, 얼마 후에는 완전한 건강을 되찾았다.

핑크 씨가 임파선암과 싸우던 당시 임상시험 단계의 새로운 의약품이 나왔다. 의사들은 핑크 씨와 관련해서는 아무런 기대도 하지 않았다. 더 이상 잃을 것이 없었던 핑크 씨는 임상시험의 대상이 되기를 자원했다.

화학요법은 엄청난 고통을 수반했다. "통증이 말이죠," 핑크 씨가 말했다. "정말 지독했어요. 마치 화물차가 몸 위로 지나가면서 뼈를 다 으스러뜨리는 것 같은 느낌이라고 할까요?" 그는 이 이야기를 할 때면, 제어하기 어려운 엄청난 고통을 실감나게 표현하기 위해 주먹을 불끈 쥐어 보이곤 했다.

이 시기에 핑크 씨는 환영을 보기도 하고 임사 체험도 했다. 열에 들떠서 그랬던 것이 아니다. 오히려 그 반대였다고 한다. 그 모든 것은 핑크 씨가 집에 있을 때 찾아왔다. 정신이 또렷할 때였다. 그는 자신의 삶이, 중요했던 순간들이 흘러가는 것을 보았다고 했다. "나는 내가 너그러웠을 때는 내 삶이 제대로 놓여 있는 것을 느낄 수 있었지만, 그렇지 못했을 때는 내 삶이 잘못되었다는 것을 알아챌 수 있었지요. 그걸 분명히 보았습니다. 지금도 그걸 똑똑히 기억합니다. 의심할 여지없이."

그 이야기를 하는 동안 핑크 씨는 웃었다. 그러고는 말을 이었다. "스쿠반 씨, 노인과 아픈 이들이 죽을 때까지 돌보는 이 일을 당신의 천직으로 알고 맡아 하세요. 반드시 보답이 있을 겁니다. 제 말을 믿으세요."

핑크 씨가 내게 해준 말은 정말이지 뭉클했고, 어느 정도 위안이 되었다. 그러나 내가 오랫동안 맡아온 요양원 원장 역할은 나를 그리 행복하게 해주지는 못했다. 이 이야기를 하자 핑크 씨는 자기가 겪은 놀라운 임사 체험 이야기를 전해주었다.

"제가 어떤 방에 있었어요. 그 방은 완전히 텅 비어 있었지요. 아무도 없었습니다. 아주 고요했고요. 하지만 저는 그 공간이 빛과 선의, 사랑 같은 것으로 꽉 차 있는 것을 느낄 수 있었어요. 교회가 그동안 사람들에게 가르쳤던 것은 거짓말이었어요. 그건 끔찍한 범죄예요. 천국은 교회가 말하는 모습과 전혀 달랐답니다."

천국에 대한 핑크 씨의 묘사를 들으면서 누군가가 도미니크 수도회 수사였던 토마스 아퀴나스의 이야기를 들려줬던 일이 떠올랐다. 13세기에 살았던 토마스 아퀴나스는 한 믿음의 형제와 이런 약속을 했다고 한다. "우리 중 누군가가 먼저 죽는다면 다시 돌아와 남은 친구에게 다른 쪽 세계는 어떤지 이야기해주기로 하자." 그리고 동료 수사가 먼저 죽은 후 그에게 나타났다. 토마스 아퀴나스가 물었다. "거긴 어때요?" 그러자 그의 친구가 대답했다. "완전히 달라요!"

핑크 씨가 겪은 것 역시 완전히 다른 경험이었다. 그것을 명상의 최고봉을 경험한 것이라고 할 수도 있고 영감을 받은 것이라고도 할 수 있겠지만 어쨌든 그것은 핑크 씨 자신의 삶을 완전히 변화시켰던 것이다. 그는 공허함을 보았고, 동시에 충만함을 보았다.

핑크 씨는 지옥을 통과했지만 내가 만났던 그 누구보다 경건하고 감사할줄 알며 신뢰할 수 있는 사람이다. 아마도 그가 본 환영, 그리고 빛으로 충만했던 그 공간이 핑크 씨에게는 축복으로 다가왔고, 그것이 그의 존재를 뒤흔들어 놓았기 때문일 것이다.

내 육체와 함께하는 삶의 여행은 결국 피할 방법 없이 포기해야만 하는 지점에 다다를 것이다. 나는 죽을 것이다. 어쩌면 핑크 씨처럼, 한 번은 심각한 병에 걸렸다가 죽음의 위협으로부터 탈출할 수 있을지도 모르겠다. 그렇다 하더라도 그것이 내가 죽는다는 근본적인 사실을 결코 바꾸지는 못할 것이다.

나는 차라리 죽음이라는 껍질을 벗는 것에 대해 말하고 싶다. 육체의 생명과 함께 삶도 끝난다는 것을 믿기 어렵기 때문이다. 삶이란 것이 나의 육체적 탄생과 함께 시작돼 내 물리적 죽음의 순간에 끝난다는 사실을 받아들일 수 없다. 자연계의 모든 것이 삶은 끝없이 순환한다고 말한다. 밤이 지나 낮이 오고, 시든 꽃무더기 속에서 다시 꽃들이 피어나고, 겨울은 봄에 자리를 내주며 물러가는 것처럼 말이다.

어쨌든 삶과 죽음에 대해 여러 조언을 들은 입장에서 우리가 "죽음"이라고 부르는 하나의 교차로 또는 건널목에 대해 생각해본다면, 우리는 죽음에 대해 아무것도 모르기 때문에, 그래서 그 죽음을 어떻게 마주해야 할지를 전혀 모르기 때문에 두려워하고, 죽음이란 것을 최악이라고 보게 되는 것이 아닌가 생각하게 된다. 우리 아이들에게 과연 죽음에 대해, 삶의 의미에 대해 어떻게 가르칠 것인가? 내가 만약 가망 없는 중환자가 되어 다른 이들의 돌봄을 받으며 지나간 인생을 회고하게 된다면—그러려면 치매에 걸려서는 안 되겠지만—후회 없이 지난날들을 돌아보면서 닥쳐올 죽음을 담담하게 맞이하고 싶다. 죽음과 친숙해지고 싶다는 말이다. 그러기 위해 나는 이리저리 노력한다. 예를 들어 가끔 에스컬레이터를 탈 때 머릿속으로 이런 실험을 해보곤 한다. 죽음을 생각하는 일종의 명상 실험이라고 할까? 에스컬레이터가 끝나는 곳에서 내 삶도 끝난다고 가정한다. 내게는 이제 30초, 만약 에스컬레이터가 아주 길다면 1분 정도의 시간만이 남았다. 저 에스컬레이터가 끝나는 지점에서 내 인생도 끝난다는 데 집중하며 그때 어떤 느낌이 일어나는지 살핀다. 내 인생에 결국 무엇이 남았지? 아직 중요한 것은 무엇이지? 아무 생각도 나지 않는다. 마지막 통화가 무엇이었는지도 기억나지 않는다. 그런 생각들을 하기에는 시간이 너무 짧았을지도 모른다. 지난날의 상처와 원한들, 별것 아니었는데……. 지금 생각해보면 그저 웃기는 일이었을 뿐이다. 30초 동안 모든 근심이 사라진다. 1분이 지나면 죽을 텐데 속세 일에 골머리 썩을 필요 있는가? 근심하고 걱정한다는 것이 얼마나 어린애 장난 같은 일인가? 눈을 뜨고, 숨결을 느끼고, 내가 아직 육체적으로 살아 있다는 명확한 증거들이다. 이제 삶이 30초 남았다. 30초간의 생존, 나는 에스컬레이터가 끝나는 지점, 내 삶이 끝나는 그 지점을 결코 미리 쳐다보지 않는다. 결국에는 이것 하나만 남는다. 에스컬레이터를 따라 흐르고, 그러고는 삶의 바다로 다시 빠져든다. 내가 떠나왔던 바로 그곳으로.

코마

중환자실의 외과의사가 게르버 씨에게 선택을 요구했다.

"부인께서 머릿속 핏줄이 터져 심각한 뇌출혈을 일으켰습니다. 뇌 조직이 많이 파괴된 상태고, 지금 수술하지 않는다면 부인은 죽습니다. 만약 수술을 한다면 계속 혼수상태에 있게 될 겁니다. 어떻게 하실 건가요?"

게르버 씨는 이 이야기를 하면서도 평정심을 잃지 않았다. 그는 아내의 생사를 결정하라는 말을 들었을 때 엄청난 압박감을 느꼈다고 했다. 의사는 빨리 결정하라고 재촉했다. 생각할 시간조차 주지 않았다. 게르버 씨는 수술하기로 결정했다. 외견상으로 보기에 게르버 씨는 매우 침착하고 신중하며 자제심 강하고 교양 있는, 각오가 된 사람처럼 보였다. 그는 울지 않았지만 나는 그가 매우 낙심하고 있다는 것을 느졌다. 이 모든 게 불과 6주 전에 일어난 일이었다. 지금 게르버 씨는 마흔다섯 살이 된 아내가 요양할 곳을 찾고 있다. 한 인간의 삶의 종착역이라고 하기에는 삶이 너무 짧아 보였다. 그리고 부당했다.

얼마 지나지 않아 게르버 부인이 우리 요양원에 들어왔다. 기도에 삽입된 손가락 굵기의 관이 호흡을 유지시켜주고 있었다. 복벽腹壁을 통해 장으로 연결된 가느다란 고무관으로는 유동식이 공급되고 있었다. 전문 용어로 'PEG'[4]라고 불리는 그것은 말하자면 위장 대용이라고나 할까?

우리 팀은 6년 동안 게르버 부인을 매우 헌신적으로 돌봤다. 그녀는 아무 말도 할 수 없었을 뿐 아니라 어떤 움직임도 보이지 않았다. 산 채로 육체 안에 매장된 셈이었다. 그녀의 속에서는 무슨 일이 일어나고 있는 것일까? 그녀는 자신이 아주 건강했으며, 집에서 가족들과 함께 지냈었다는 것을 기억하고 있을까? 수술이 끝나고 깨어났을 때 꼼짝도 할 수 없이 자신의 몸 속에 갇힌 채, 자신의 의지로는 눈썹 하나 깜빡이지 못하는 상황에 처한 그녀가 느낄 수 있었던 것은 무엇이었을까? 꼼짝도 하지 못하면서 의식은 있는 이런 상태를 "깨어 있는 혼수상태"라고 한다. 나는 오늘날까지도 의사들이 말하는 바와 같이 "아무것도 느끼지 못한다"라는 것이 의식이 아예 없다는 것이라고는 믿지 않는다.

우리는 다른 존재의 뇌 속을 들여다볼 수 없다. 다른 이의 시각이나 생각으로 세계를 보기는 더욱 어렵다. 우리만의 시각으로 세계를 인식하는 우리는, 자기 자신만을 향한, 우주에서 완전히 홀로인 고독한 존재다.

물론 말과 몸짓으로 서로의 생각과 느낌을 나눌 수는 있다. 그러나 '내'가 보는 것은 '오로지 나'만이 정확히 볼 수 있는 것이지, 그 누구도 내가 보는 것을 나와 똑같이 볼 수는 없다. 다른 이들의 세계는 어떻게 보일까? 공감 또는 감정 이입만이 그나마 그들의 세계에 다가갈 수 있는 유일한 방법일 것이다.

"공감Empathie"이라는 단어에는 그리스어 "파토스pathos"가 숨어 있다. 파토스는 감정 또는 감성을 의미한다. 깊이 공감하는 것만이 타인의 세계에 가까이 갈 수 있는 유일한 길이다. 그리고 깊이 공감한다는 것 역시 아무리 해봐야 다른 이가 경험한 것을 미약하게 반영하는 것일 뿐이다. 이것은 단지 "상상으로 느끼는 어떤 것"쯤일지도 모른다. 그나마 이것이 우리들 각자의 고립된 인식과 지각 사이에 다리를 놓기 위해 할 수 있는 전부일 것이다. 느끼기, 공감하기! 이것이 우리를 세상의 다른 존재와 연결해주는 끈이다.

그렇다면 깨어 있는 혼수상태에서 사람은 과연 어떻게 느끼는 것일까? "그 상태에서는 전혀 의식이 없다"라는 말은 별로 탐탁지 않다. 게다가 잘못된 추측이기도 하다. 게르버 부인은, 우리가 곧 알아차린 것처럼, 통증을 느꼈다. 의식이 없다면 통증도 없을 것이다. 그러니까 통증이 있다는 것은 의식이 있다는 것이고 고통을 느끼는 능력이 있다는 것이다. 기기로 뇌파를 측정할 수도 있다. 그러나 측정당하는 이의 뇌파가 잡히든 안 잡히든—아니, 측정할 수 없다는 것이 옳은 말일 것이다—그것으로는 그가 무엇을 겪는지 최소한의 것도 알아낼 수 없다. 뇌파 측정은 단지 뇌파가 얼마나 큰가, 작은가 하는 정도를 재는 것으로서 그 결과 자체가 말해주는 것은 아무것도 없다. 만약 내게 밤새 뇌파 측정기를 붙여 놓는다면 세타파가 자주 발생하는 것을 측정할 수 있을 것이다. 의사는 내가 꿈을 꾸고 있다는 사실은 알겠지만 무슨 꿈을 꾸고 있는지는 모를 것이다. 만약 의사가 내게서 델타파가 나타나는 것을 보았다면 이렇게 말하지 않을까? "깊은 잠에 빠져 있군!"

매일 밤 우리는 깊은 잠에 빠진다. 그러나 깊은 잠 속에서 무엇을 겪었는지 기억하지는 못한다. 그러나 분명 무언가는 겪었다. 그렇다면 우리는 깊은 잠 속에서 무엇을 겪은 것일까? 인도의 신비주의에 따르면 숙면 상태에서 우리는 "공허함, 비어 있음"을 경험하고, 이로써 원기를 회복해 깨어나게 된다고 한다. 신비주의자들은 이것이 아주 행복한 상태이므로 공허함에 감사해야 한다고 말한다. 그렇다면 깨어 있는 혼수상태에서 인간은 무엇을 경험할까?

게르버 부인의 호흡을 편안하게 해주기 위해 우리는 기

도에 연결된 줄에 낀 가래를 제거하는 작업을 계속해야 했다. 그럴 때도 그녀는 아무런 움직임이 없었고, 어떤 표정도 짓지 않았다. 그러나 우리는 그녀를 조금씩 알아갔다. 어느날, 그녀를 담당하는 간호 팀이 아무래도 게르버 부인이 통증을 느끼는 것 같다고 말했다. 그녀의 입장에서 느끼는 어떤 직감적인 것인데, 뭐라고 정확히 설명할 수는 없지만 하여튼 좋지 않은 일이 일어나고 있다는 것이었다. 그녀는 병원으로 옮겨졌다. 진단 결과 비장에 심한 염증이 생겼다는 것이 밝혀졌다. 그것이 통증을 불러일으킨 것이다. 통증을 완화시키는 데 도움이 되는 것은 항생제와 진통제다. 게르버 부인에게도 마찬가지일 것이다. 그러나 진통제가 어떤 효력을 발생시키는지는 그 누구도 정확히 알 수 없었다.

게르버 부인의 가족들은 이 모든 것을 6년간 지켜보았다. 그녀의 남편은 수술하기로 결정한 것을 수천 번이나 후회했다. 지금 그는 이렇게 말한다. "제발 저 인공 급식을 멈춰주세요. 당장이요. 내 마누라가 죽을 수 있도록 해달란 말입니다." 나는 게르버 씨의 입장을 십분 이해한다. 하지만 그건 말처럼 간단한 일이 아니다. 게르버 부인은 요양원에 들어올 때 인공 급식기(인공 위장)를 단 채였다. 우리는 그녀를 돌봐야 했다. 그것이 우리의 임무였다. 우리는 그녀를 제대로 간병하기 위해서 여기 있는 것이다. 우리는 이제 그녀의 아주 사소한 부분들까지도 잘 알게 되었다. 그런데 이제 그 임무를 뒤집어 (생명의) "수도꼭지를 잠그"라고? 그건 담당 팀으로서는 도저히 할 수 없는 일이다. 우리에게 강요할 수 있는 일도 아니다. 결코 안 될 일이다. 그렇게는 절대로 안 될 일이다.

게르버 씨가 다시 한 번 찾아왔다. "담당 팀이 그렇게는 할 수 없답니다." 내가 말했다. "그건 우리에게 윤리적으로도 엄청 큰 문제입니다." 그렇게 말할 때 나는, 안 그래도 공공연한 추문에 휩싸여 계속 여론의 뭇매를 맞는 요양 체제 아래서, 책임 있게 행동하는 한 사람이고자 했다. 요양 시설을 둘러싼 불신, 곳곳에 번득이는 공공의 감시와 감독, 그리고 불안감들. "밖에 있는 사람들"은 과연 뭐라고 할지? "빅 브라더"[5]는 도처에 도사리고 있다. 국가의 요양원 감독기관, 언론들, 무엇보다 요양원 원장으로서 하루 24시간 그 지시에 묶인 듯이 느껴지는 의료심사평가원, 이런 "빅브라더"들로부터 겪어야 했던 부자유함, 우리로서는 제대로 통제할 수도 없는 일들에 대해서까지 져야 하는 책임, 그로 인한 무력감, 외부의 조종을 받는 우리의 현실, 그러면서도 법적으로는 제대로 보장받지도 못하는 우리들의 취약한 지위 등.

우리는 전체 상황을 파악할 수도 없는 상태에서 불안과 걱정에 직면해 홀로 내동댕이쳐진 것 같은 느낌을 받는다. 그런데 이런 내게 지금 요양원 원장으로서, 게르버 부인의 죽음을 집행하는 역할까지 넘겨받으라고? 나는 다시 한 번 그 역할을 거부할 수밖에 없었다.

며칠이 지난 후 게르버 씨 가족의 변호사로부터 전화가 왔다. 변호사는 나를 협박했다. "당장 그 인공적인 급식을 중단하십시오! 만약 인공 급식을 계속한다면 당신을 신체상해죄로 고소하겠습니다."

　　6년 동안이나 간호해왔는데 이제 와서 이런 협박이나 받게 되다니! 어제까지만 해도 해야만 했던 일인데, 이제 와서는 그 일이 신체상해라고? 무언가 불합리하게 느껴졌다. 나는 행정법원에 관련 사항을 문의했다. 판사 역시 나를 겁박했다. "만약 당신이 인공 급식을 중단한다면 살인죄로 기소하겠소." 그러고는 한 무더기의 서류들을 팩스로 보내왔다. 뭐라고 하는지 하나도 알아들을 수 없는 법률 용어로 가득한 서류들이었다.

　　자, 그렇다면 여기서 해도 되거나 해야 하는 일과 해서는 안 되는 일이 무엇인지 누가 알 수 있단 말인가? 매우 혼란스럽고 어딘가 우스꽝스러운 상황이었다. 우리는 가족들의 사정과 임무 사이에서 이리저리 흔들리고, 변호사와 판검사가 양쪽에서 우리를 협박하는 거의 초현실적인 상황 가운데서, 언론은 연일 요양원의 문제점들에 대한 경고를 터트리고, 더 이상 파악할 수 없을 정도로 쏟아지는 당국의 각종 지시와 명령의 홍수 속에서 끝없이 감독받으면서, 우리가 스스로 판단해서 할 수 있는 일이 무엇이란 말인가?

　　우리는 이 문제를 협의하기 위해 여럿을 모아 대화 자리를 마련했다. 게르버 부인의 가족과 한 심리학자, 그리고 우리 팀 중 몇몇과 내가 참석했다. 우리는 의사 동반하에 그녀를 집에서 돌보라고 제안했다. 모두들 이 제안을 받아들였다. 훗날 게르버 씨는 내게 "그렇게 하기 잘했다"고 말했다. 가족들 모두 그 결정에 만족했다고 한다.

그로부터 몇 년 후 나는 게르버 씨를 다시 만났다. 어느 주유소에서 아주 우연히 이루어진 만남이었다. 게르버 씨는 그사이 새로운 인생의 고통을 겪고 있었다. 혀뿌리에 암이 생긴 것이다. 그의 얼굴에는 아직 지워지지 않은 수술의 흔적이 역력했다. 그럼에도 불구하고 게르버 씨는 밝고 여유로운 모습이었다. 수없이 큰 고통이 죽음과 함께 그의 주변을 맴돌았을 텐데도 게르버 씨에게서는 유쾌함이 느껴졌다.

심한 치매 환자와 혼수상태의 환자들, 삶과 죽음의 경계에 다다른 사람들, 어딘가 의식이 있거나 없는, 어딘가 존재의 경계 언저리에 놓인 사람들을 접하면서 나는 인간이란 무엇인가 하는 질문을 던지게 됐다. 누가, 어떤 것이 과연 인간인가? 나는 환자의 가족들로부터 자주 이런 소리를 듣는다. "이건 더 이상 내가 알던 우리 엄마가 아니에요. 다른 사람이에요. 누군가 다른 사람이라구요." 그들이 그렇게 말할 때 어떤 심정인지 충분히 이해된다.

"사람Person"이라는 말은 라틴어 "페르소나persona"에서 왔다. 페르소나는 가면, 그러니까 고대 배우들이 연극 무대에서

썼던 가면을 가리키는 말이었다. 사람 또는 가면은 연극배우를 말하는 것이기도 하다. 우리 모두는 연극배우다. 우리는 인생에서 끊임없이 여러 가지 역할을 맡으며 살아간다. 게르버 부인의 역할을 예로 들어보자. 그녀는 여성이자 어머니였고 한 남자의 배우자였으며, 독일인이자 유럽연합 시민이었고 가톨릭 신도였다. 그녀에게는 정체성이 있었고, 이름이 있었으며 사회보장번호와 신분증을 가지고 있었다. 직업도 있었다. 집과 자동차, 은행계좌도 가지고 있었다. 건강했던 때 그녀에게는 반짝이는 감각이 있었고, 인지 능력과 의견, 추억, 생각과 느낌을 가지고 있었다. 그리고 그녀의 사람됨을 외적으로 알아보게 하는 표상이 있었다. 육체를 가졌던 것이다. 그러나 그 육체는 그녀가 끔찍하게 다쳤을 때도 남아 있었다. 비록 호흡을 위한 기도관과 음식 주입을 위한 고무줄, 또 소변줄이 달려 있으며 뇌가 굉장히 많이 손상되어 있을지라도 말이다. 이제 그녀에게 신분증은 플라스틱 조각일 뿐이다. 그녀는 여전히 독일인이었지만 그것이 그녀의 존재에 대해 말해줄 수 있는 것이라기보다는 그냥 그녀를 묘사하기 위한 것에 지나지 않는다. 그녀는 인식할 수 있는가? 우리는 그녀가 고통을 느끼는 것을 보았다. 그녀는 과거를 기억하는가? 생각이나 느낌은? 그걸 도대체 누가 알 수 있겠는가? 어떤 것이 가장 인간을 인간답게 하는 것이란 말인가?

내가 나라는 것을 나타내는 것은 무엇인가? 내가 나라

는 것을 말할 수 있기 위해 버려도 되는 것들에는 무엇이 있나? 다리 하나를 절단해야 하는 상황을 가정해보면 비교적 분명해진다. 나머지의 나, 다리 하나가 없는 몸뚱이일지라도 나는 여전히 나다. 그러나 절단된 다리는 더 이상 내 것이 아니다. 내 몸이 온전치 않아도 나 자신은 온전한 나다. 만약 팔다리가 모두 절단된다 하더라도 나는 말할 것이다. 이게 나다. 엄청나게 손상됐을지라도 나는 여전히 완전한 인간, 온전한 사람인 것이다. 그럼 기억들은? 만약 모든 기억을 잃어버린다면? 그렇다면 나는 이렇게 말할 것이다. 내 지나간 삶은 잃어버렸을지라도 나는 여전히 여기 존재한다고.

그렇다면 나 자신에게 나는 무엇인가? 나의 어떤 것이 나를 나답게 만드는가? 내가 더 이상 내가 아니게 하는 경계는 어디인가? 나는 누구인가? 사지를 잃고 기억도 잃고, 건강, 언어, 친구 그 모든 것을 다 잃어버렸다고 해도 끝까지 무너지지 않는 핵심 같은 것이 있는 것인가? 아니면 나는 단지 숨 쉬고 생각하며 느끼는 생물학적 기계일 뿐인가? 기계도 느낄 수 있는가? 그렇다면 그들도 살아 있다는 말인가?

나는 나를 이루고 있는 것들이 무엇인지 한번 확인해보기로 했다. 나는 떠오르는 모든 것을 적기 시작했다. 신체적 특징, 성격적 특성, 인간관계, 재산 상태, 생각, 느낌 따위들. 내 사상과 특성들, 그리고 내가 가진 것들의 덩어리를 바라보았다.

나라는 존재는 여기 쓰인 모든 것의 총합이기 때문에 나인가? 그렇다면 여기 쓰인 것들이 내 인생에 생겨나기 전의 나는 누구였으며 어디에 있었는가? 이 모든 것이 사라진다면 나는 누구이며 무엇인가? 나는 어느 지점에서 더 이상 나라는 존재이기를 끝내게 되는가? 내 속의 소년은 언제 죽었는가? 지금의 나는 언제 죽는가? 그럼 그 다음의 나는 누구인가? 누가 또는 무엇이 이런 질문들을 던지는가?

이 같은 자체 조사의 결과는 내게 있어서 영원한 것, 변하지 않는 것은 아무것도 없음을 보여준다. 내가 이름 붙일 수 있는 것들은 모두 지나가는 것, 깨지기 쉬운 유약한 것이며 끝없이 변화하는 가운데 놓인 기반―더욱 본질적인 실체를 외부적으로 나타내주는 것―일 뿐이다. 육체, 생각, 느낌의 표면 아래 바로 그곳에서만 본래의 나를 찾을 수 있다. 그 눈앞에서 내 인생이라는 필름이 돌아가고 있는 나의 진수眞髓, 나의 본질을 볼 수 있을 것이며, 나를 숨 쉬게 하고 내가 오늘날 나이기 이전의 이름 없던 무엇에 영감과 혼을 불어넣어 주었던, 내가 이 사람을 벗어난 이후에도 존재하게 하는 어떤 힘을 발견하게 될 것이다. 시공간을 초월한, 말할 수 없는 그 무엇을 생각할 때면 마치 예수께서 말씀하시는 것 같다. "아브라함이 나기 전부터 내가 있느니라 하시니."**6**

나는 헷갈리지만 익살스러운 선불교禪佛敎의 가르침을 좋아한다. 이 오랜 전통의 선禪이 자기를 찾는 질문은 흥미진

진하다. 예를 들어 "네가 태어나기 전 너의 얼굴은 어떻게 생겼더냐?" 같은 질문 말이다. 그러나 이것은 본질적으로, 이해력으로 풀 수 있는 수수께끼는 아니다. 해답은 이해력 저편에 있기 때문이다. 선에서 말하는 바에 따르면, 그 수수께끼에는 이해력 또는 사고의 지평을 깨고 자기를 뛰어넘어 끌고 가는 힘이 내재되어 있다.

저 편에 있는 게르버 부인은 누구이고, 우리는 그녀를 어떻게 묘사할 수 있을까? 그녀는 진정 누구인가? 나는 진정 누구인가?

급사急死

로마이어 씨는 우리 할아버지를 연상케 했다. 그는 그림책에 나오는 전형적인 바이에른 사람 같은 모습이다. 빳빳한 셔츠에 녹갈색의 양복바지, 검은 반구두가 로마이어 씨의 일상적인 차림새다. 여기에 알프스 영양의 털로 만든 모자가 빠질 수 없다. 우리 할아버지처럼 로마이어 씨도 고령의 나이에 비해 신체 조건이 매우 좋았는데, 아마 평생 동안 등산을 자주한 덕인 듯하다. 산을 사랑하는 그 열정도 할아버지와 매우 닮았다.

로마이어 씨는 요양원 거실에 나와 산악 사진들이 실린 커다란 사진집을 자주 들여다봤다. 그럴 때 그의 집게손가락은 아주 자연스럽게 산 정상을 가리켰다. 아마 몸이 지금보다는 좋았던 시절에 올랐던 봉우리일 것이다. 그럴 때마다 로마이어 씨는 우리에게 알아들을 수 없는 말로 뭔가를 중얼

거렸는데, 누군가 가까이 가면 고개를 돌리고는 아는 체하며 이렇게 말하는 듯했다. "여길 보게, 이 산봉우리를! 내가 여기도 올랐단 말이야!" 로마이어 씨는 자기 방식대로 뭔가를 말했고, 때로는 요양원의 다른 환자들과 흥분하며 이야기를 나눴다. 비록 하나도 알아들을 수 없는 말들이었지만, 소통이란 꼭 정확한 내용을 전달해야만 이루어지는 것은 아닐 것이다.

로마이어 씨와 할아버지의 공통점은 또 있다. 갑작스러운 죽음이다. 할아버지의 경우, 우선 보기에는 끔찍한 죽음이었다. 아흔이 넘은 나이에 차에 치었던 것이다. 할아버지는 자전거로 길을 건너다 변을 당했다. 그리고 현장에서 즉사했다. 할머니에게는 참혹한 장면이었을 것이다. 그러나 그 죽음에 긍정적인 면이 있다면 그 갑작스러움, 순식간에 세상을 떠난 그 속도였다. 단 한순간이었다. 할아버지의 영혼이 몸에서 분리되는 데 걸린 시간은.

할아버지의 죽음에는 어떤 고통도, 간병의 필요성도, 근심과 부담에 짓눌린 가족도, 재정적 출혈과 그로 인해 가세가 기우는 일도 따르지 않았다. 수많은 시련과 어려움을 극복하며 살아온 인생에 갑작스러운 죽음이라는 선물이 주어졌던 것이다.

로마이어 씨의 죽음은 그 자체로 하나의 축복이었다. 그가 요양원에 온 지 몇 주가 채 지나지 않았을 때 죽음이 찾아왔다. 그때 그는 복도에 서서 다른 여성 환자 두 명과 이야기를 나누고 있었다. 햇볕에 그을린 로마이어 씨의 얼굴은 평소처럼 유쾌해 보였다. 그러더니 갑자기 쓰러져 죽었다. 그냥 그렇게. 갑작스러운 심장마비였던 것이다. 불과 5분 전만 해도 그의 정신과 집게손가락은 바이에른 산봉우리들을 소요逍遙하고 있었건만, 그렇게 간단히 그는 가버린 것이다. 어떤 투병도, 통증이나 어떤 어려움도 없이, 자리보전 한번 안 한 채! 죽음이란 게 그렇게 올 수도 있는 것이었다.

그러나 보통의 죽음들은 이와 전혀 달랐다. 25년을 요양원에서 일하는 동안 로마이어 씨처럼 그렇게 빨리, 아름답게 간 경우는 다시 보지 못했다. 때때로 죽음은 시간을 매우 오래 끌었다. 수년이 걸리기도 했다. 하나의 고비를 넘기면 또 다른 고비가 오고, 한 번의 위기를 넘기면 또 다음 위기가 닥치면서 죽음이 계속 유예되는 것이다. 어떤 문화권에서 이해하는 것처럼 죽음이란 것도 하나의 살아 있는 존재라면 나는 그에게 묻고 싶다.

"왜 우리 모두는 빠르고 쉽게, 그리고 아름답게 집[7]으로 돌아갈 수 없는 건가요?" 그리고 이렇게 말하고 싶다. 의학의 발전에 비례해 더 늘어난 고통과 긴 죽음을 마주해야 한다는 것은 나뿐 아니라 수많은 사람에게도 엄청난 공포라고 말이다.

웃기는 소리일지 모르지만, 민간 의료보험에 들지 않을수록 더 쉽게 죽을 수 있는 기회가 많다는 것은 사실이다. 이건 안나가 들려준 이야기다. 그녀는 여러 해 동안 시간이 날 때마다 우리 요양원에 와서 틈틈이 일해준 노련한 간호사다. 그 당시 안나는 병원 특실에서 근무하고 있었다.

"만약 민간보험 환자가 죽으려고 하면 말이죠." 안나가 말했다. "그러면 여러 가지 조치가 취해져요. 일반 의료보험 환자에게는 전혀 취하지 않는 조치들이죠. 민간보험에는 이런 비용이 다 들어가 있는 거예요."

자영업자로서 민간보험에 든 나는 가끔 이런 상상을 한다. 내 몸이 여러 기계에 연결되어 있고, 굵은 고무관과 얇은 관들도 줄줄이 끼워져 있다. 그런데 내게는 이런저런 "치료상" 조치들을 포기시킬 수 있는 자식이 없는 것이다. 만약 자식이 있다면 의사들이 조치들을 취하려고 할 때 혼신을 다해 막아 줄지도 모른다. 그렇게 함으로써 육체적 죽음이 그들의 가족을 영원히 그 몸으로부터 자유롭게 해줄 수 있지 않겠는가?

자신의 죽음을 선택할 수만 있다면! 그렇다면 나는 로마이어 씨처럼 죽고 싶다. 그의 죽음은 내가 봐온 모든 죽음 중에서 최고였다. 이보다 더 아름다운 죽음이 있다면 건강한 사람이 잠을 자다 죽거나 아름다운 꿈에서 영원히 깨어나지 않는 것일 게다. 아니면 티베트 승려들이나 호주 원주민들, 선불교 선사들처럼 의식적으로 자신의 몸을 떠나거나……. 히말라야의 요가 수행자들 역시 완전히 깨어 있는 상태에서 육신을 떠나는 훈련을 한다. 그들은 떠나야 할 때가 왔다는 것을 알아차리면 자리를 잡고 앉아 명상 속에서 죽음에 든다. 그들은 떠나고, 사람들은 그들을 놓아준다. 사람들은 더 이상 그들을 "흙으로 만든 통"—우리가 몸이라 부르는 것— 에 묶어두려 하지 않는다. 우리는 육체에 지나치게 집착한다. 모든 형체가 없는 것들, 정신과 영적인 것들은 우리와 멀리 떨어져 있는 것처럼 보인다. 사람들은 몸을 신격화하고 죽음을 불구대천의 원수처럼 대한다. 그러나 그건 번지수를 잘못 찾은 듯하다. 육신이란 그저 죽어가는 신神일 뿐이지만 죽음은 결코 항복하지 않기 때문이다. 그러니까 우리는 죽음과 친해지도록 노력해야 할 것이다.

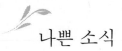
"얼마나 더 오래 끌게 될까요?" 모
스바우어 씨가 묻는다. 부인에 관해 묻는 것이다. 그녀는 벌
써 여러 달째 우리 요양원에 머물고 있다. 치매에 걸려 자리
보전을 하게 된 그녀는 더 이상 일어나지 못했다. 그녀는 치
매 환자로서는 드물게도, 영혼에 심히 우울한 그림자가 드리
워진 상태였다. 무언가, 아주 음울한 무언가가 그녀의 정신을
둘러싸고 있었다. 그녀는 언제나 신경이 곤두선 상태에서 화
를 자주 내고 고통스러워했다. 근육의 긴장 강도가 너무 높
았고 팔꿈치는 바짝 당겨져 있었다. 아주 드물게 입가에 살
짝 미소가 어릴 때도 있었지만 끝에 가서는 그마저도 보기
힘들었다.

모스바우어 씨 역시 큰 병을 앓는 환자였지만 매일 오후
에 부인을 찾아왔다. "이제 내 골수암이 심해져서 아내보다

먼저 가게 될까 봐 걱정이라오. 내가 먼저 죽으면 어떻게 하지요?" 그가 자신이 죽었을 때 필요한 여러 절차에 대해 상담하려고 꺼내는 이야기 같지는 않았다. 그저 자신이 곧 죽는다는 것을 내게 알리려고 하는 말이었다.

모스바우어 씨는 "그래도 어쩔 수 없는 일이겠지요"라고 말했지만 어쨌든 잘 버텨내야 할 것이다. 모스바우어 씨의 친구 중에는 뛰어난 의사도 많다고 했다. 그는 계속 그 고통스러운 화학치료를 받으러 다녔다. 한 주 한 주 눈에 띄게 체중이 줄어갔다. 그는 점점 약하게 사그라드는 불꽃같았다.

모스바우어 씨는 부인이 치매 판정을 받은 그해에 암 진단을 받았다. 그러나 세 번째 흉보가 그를 기다리고 있었다. 아들이 스스로 목숨을 끊은 것이다. 아들과의 연락은 몇 년 전부터 뜸했고, 서로 못 본 지는 꽤 오래된 상태였다. 모스바우어 씨는 자택 바닥에 누워 숨진 지 몇 달이 지나서야 발견된 아들의 시신을 확인하러 가야 했다. 나는 이런 장면을 상상조차 하기 싫었다. 여러 달 동안 부패한 시신의 모습, 자신의 아들이 죽은 채 거실에 놓여 있는 모습…….

"머리 껍질이 방바닥에 늘어져 있었지요." 모스바우어 씨가 말했다. 무척 무뚝뚝하게 들리는 말이었다. 거기에 대고 뭐라고 말해야 하나? 위로를 건네려는 어떤 시도도 허접하게 느껴지는 상황이었다. 사실 그런 경우에 사람들은 아무런 말도 할 수 없다. 그리고 사실, 어떤 말도 해서는 안 된다. 그저 들어주는 수밖에는 없다. 그 일들이 그렇게 되었다는 것을.

이런 경우, 고민이 있는 사람이라면 참 미안해질 수밖에 없겠다. 이 끔찍한 이야기에 비해 볼 때 자기의 고민이란 게 얼마나 웃기고 하잘 것 없는지를 생각해본다면 말이다.

모스바우어 씨는 아들의 죽음에 대해 이야기한 다음, 자기가 젊은 날에 즐겨 했던 노 젓기를 다시 화제로 꺼냈다. 그러나 이제 그에게는 노를 저을 힘이 없다. 이윽고 모스바우어 씨는 부인이 있는 방으로 올라가 밥을 먹여주었다. 매일 저녁 해왔던 대로.

아내보다 먼저 죽을지도 모른다는 모스바우어 씨의 걱정은 기우로 끝났다. 부인이 먼저 떠난 것이다. 우리 요양원의 야간 당직자가 부인의 죽음을 알리는 전화를 걸어온 것은 아주 더운 여름날의 저녁이었다. 그때 나는 동생 클라우스와 함께 어느 공연장에 있었다. 피터 가브리엘[8]의 공연이었다. 클라우스와 나는 부모님과 함께 요양원을 운영했다.

더위 때문에 시신을 밤새 방에 놓아둘 수는 없었다. 집에 오는 길에 요양원에 들러 시신을 영안실로 옮겼다. 삶이란 것이 새삼 비현실적으로 느껴졌다. 방금 재미있는 공연장에 있었는데 지금은 죽은 이를 옮기고, 그러고는 집에 돌아와 침대에 눕다니…….

다음날 아침, 나는 모스바우어 씨와 이야기를 나누었다. 그는 아내가 죽은 것을 아주 홀가분해했다. 이제 그녀를 보냈으니, 그도 죽을 수 있는 것이다. 몇 주가 지나지 않아 모스바우어 씨의 사진이 인쇄된 부고장이 도착했다. 부고에는 알버트 슈바이처의 멋진 말이 인용되어 있었다.

"인생에서 유일하게 중요한 것은, 우리가 떠나야 할 때 남기고 가게 되는 사랑의 발자취다."

정신, 치매, 그리고 행복

        치매란 "정신이 나간 상태"를 말한다. 그러나 이건 그렇게 잘 고른 개념은 아닌 것이, 미친 사람이라도 정신이 완전히 없지는 않기 때문이다. 그러나 "정신"이라고 말할 때, 그것이 일상을 지탱해주고, 인생에 걸맞은 여러 역할을 수행하는 데 필요한 정신적인 부분을 뜻하는 것이라면 상당히 옳은 표현이다. 이런 의미에서의 정신, 일차적인 혹은 외형적인 차원에서의 정신—내 표현대로 한다면— 은 다음과 같은 것들을 포괄한다. 사고력과 이성, 미래를 내다보며 계획하고 행동하기, "올바른" 인식(이걸 뭐라고 부르든 간에), 적절한 행동양식과 반응양식, 기억들, 의견들, 판단과 기타 등등. 이런 정신적 기능들을 "일차적 차원"이라고 표현한 것은 이것들이 다른 측면보다 더 중요하거나, 다른 것에 선행해서가 아니다. "정신"이라는 개념을 말할 때 위에 이야기한 것들이 가장 설득력 있기 때문이다.

생각과 이성, 이 두 개의 측면, 우리가 우리를 인간적 존재라고 정의할 때 바로 이것들을 전제로 한다. 이런 차원의 정신이 치매 환자들에게는 대부분 또는 완전히 붕괴돼버린 것이다. 요점만 말해보자. 치매란 사고력, 기억들, 이성, 그리고 인식의 질이 파괴되는 질병이다.

정신이라는 개념을 조금 더 넓게 잡아본다면 두 번째 차원의 정신으로는 감정과 느낌을 들 수 있다. 물론 치매 정도가 심한 환자라도 느낄 수는 있다. 느낀다는 것이 "건강한" 사람들과는 "다르게", 그리고 쉽게 예측할 수 없다는 문제는 있지만 말이다.

우리로서는 어떤 치매 환자의 기분이 그가 당면한 구체적인 상황과 맞지 않아 보일 때도 있다. 그렇다고 해서 그것이 그가 느끼는 현실에 어떤 영향을 주지는 못한다. 그가 느끼는 세계는 그 자신에게 아주 사실적인 것이기 때문이다. 우리가 느끼는 세계가 우리에게 현실인 것처럼, 우리가 보고 경험하는 이 세계가 우리 정신 속에 투영된 모습 그대로인 것처럼 말이다.

정신의 세 번째 차원으로는 자아自我, das Ego, 그러니까 "나답다"라는 감정을 말할 수 있다. 나我라는 것은 나 아닌非我 모든 것으로부터 구분되는 존재다. 여기 내가 있고 저기에 나로부터 분리된 세계가 있는 것이다.

"나는……"이란 "나는 이것"이요, "나는 저것"이 된다. 한 인간이요, 한 남자이자 한 사람의 독일인, 요양원 원장 따위가 되는 것이다. 그리고 **내 것**이 불가피하게 따라붙는다. 나는 이것이요, 저것이며 이것을 가졌고, 저것을 가졌다. 이름이 있고, 직업이 있으며, 지위와 돈과 인간관계를 가졌고, 자동차가 있는가 하면 그 외에도 많은 것을 갖고 있다. 치매 상태에서 이 세 번째 정신적 차원—나와 내 것—은 너덜너덜해진다. 대부분 거의 통째로 사라진다. 내 것이라는 개념이 나라는 개념보다 먼저 붕괴한다. 이런 생각이 없어진다는 것은 치매 환자들에게 오히려 축복일 수도 있다. 고통이 끝나기 때문이다. 여기에 대해서는 뒤에서 다시 이야기하도록 하겠다.

넓은 의미에서, 그리고 포괄적 의미에서 정신이란 인간의 영적 차원을 말한다. 그것은 인간만의 것이라기보다 존재 자체의 것이다. 정신이란 내면 가장 깊숙한 곳의 정수精髓이며 삶의 핵심이고, "내면의 빛"이라고 부르고 싶은 것이다. 확신하건대—정신에 관한 인류의 모든 신비로운 저술에 동의하며 말하건대—그 내면의 빛은 반짝이기를 멈출 수 없다. 그 빛은 내가 사멸하는 육신을 빌려 인생이라는 무대에 오르기 전에도 있었고, 내가 육신을 떠나고 난 뒤에도 거기 있을 것이다.

내가 만나본 수많은 치매 환자는 그들을 돌보거나 함께 생활하는 사람들보다 훨씬 행복해했다. 그중 어떤 이들은 언제나 웃었고, 유쾌했고, 여유로웠고, 느긋했고, 만족감을 느꼈다. 모두 그런 것은 아니었지만 많은 이가 그랬다. 오히려 건강한 사람들 속에서 유쾌한 이를 찾기가 쉽지 않았다. 치매 환자의 가족 중에는 피폐해진 사람들이 가끔 보였다.

물론 치매 상태가 제정신을 가졌을 때보다 더 낫다고 주장할 생각은 없다. 나는 명징하고 정확하게 작동하는 정신을 지키고 싶다. 그러나 치매가 꼭 불행을 동반하지는 않는다는 것, 그리고 치매 때문에 불행해 보이는 이들도 있지만 그런 사람들은 치매 환자들 중 소수라는 것(나는 수많은 치매 환자를 봐왔다)을 말하고 싶다. 또 지성과 교육이 행복과 만족을 자동으로 가져다주지는 않는다고도 말하고 싶다. 때때로 가장 현명한 자가 가장 불행한 자이기도 하지 않은가? 삶의 활기를 죽은 책 속의 지식들—삶의 비의秘儀에 대해서는 아무런 해답도 주지 못하는 앎—속에 묻어버렸으니 말이다.

그러나 현명함, 지식, 기억들, 모든 사실과 수치, 각종 자료들에 대한 기억 등 아직 훌륭히 작동하는 일차적 차원의 정신은 우리가 어디에서 왔는지 또 어디로 가는지 설명하지 못한다. **그것은 아무런 삶의 의미도 전달하지 못한다.** 우리를 행복하게 해주지도 않는다. 오히려 이 정신없이 휘몰아대는 친구는 자주 행복을 가로막는 장애물이 되기도 한다. 예컨대 어제 일에 대한 분노로 오늘을 망치게 하고, 잠자리에서는 내일에 대한 근심으로 밤잠을 설치게 만들지 않는가? 이 정신이라고 하는 것은 늘 뭔가를 가지고 싶어 하거나 버리고 싶어 한다. 바로 여기에 치매와의 연결고리가 생겨난다. 일차적 차원의 정신이 없다는 것이 꼭 불행을 의미하지는 않는다. 이 일차원적인 정신─생각하기, 기억하기와 이성적인 행동─이 나가버리는 경우는 더 말할 나위가 없다. 만일 치매가 아주 깊어진다면 환자는 자신의 상태를 인식하지 못하기 때문에 더 이상 "반쪽 이성"의 중간지대에서 서성거리지 않아도 된다. 사고기관이 더 이상 스스로 문제를 일으키지 않는 한 치매 환자는 두 번째 차원의 정신으로 살아가게 된다. **느낌**으로 말이다.

실천철학과 심리학에서는 수천년 동안 알려진 사실이지만, 생각하기와 느끼기 사이에는 연관성이 있다. 부정적인 생각에는 그와 마찬가지의 느낌이 따라가게 마련이다. 부처는 이를 아주 분명하게 말했다. "우리의 삶은 우리의 정신으로부터 생겨나고, 우리는 우리가 생각하는 대로 된다. 나쁜 생각으로부터 고통이 따른다. 마차 바퀴가 그 마차를 끄는 소를 따라가듯."

부정적인 느낌은 과거 또는 미래를 걱정하는 것으로부터 나오는데, 걱정은 우리를 비현실의 세계로 몰아가기 위해 현재 상태의 현실에서 떼어놓는 것이다. 어제는 죽었고 내일은 아직 태어나지 않았다. 그러므로 둘 다 아무것도 아니다. 그러나 정신이 어제와 내일 속에 살고 있는 한 우리는 현실이 탐탁지 않을 수밖에 없다. 과거와 미래는 기억과 허구에 지나지 않지만 현실의 고통을 불러온다.

우리는 이렇게도 말할 수 있다. 생각하지 않는 자라면 그는 지금을 살 수밖에 없다. 치매 환자들은 그렇게 많은 생각을 하지 않는다. 그들에게는 과거도 없고 미래도 없다. 그렇기 때문에 그토록 유쾌한 것이다.

나는 앞에서 나와 내 것이라는, 세 번째 차원의 정신에 속하는 것들도 치매 상태에서는 흐트러지거나 파괴된다고 말했다. 무슨 뜻인가? 구체적인 사례를 들어보면 이해하기 쉬울 것이다. 타이센 부인이 그 좋은 예가 되어주리라 생각한다.

타이센 부인은 치매에 깊이 빠져들었다. 때때로 그녀는 아무 방이나 마음대로 들어갔다. 이제 그녀는 그 방이 "자신의 방"인지 아닌지 신경 쓰지 않는다. 자신이 입은 스웨터가 자기 옷장에서 나왔는지 남의 옷장에 걸려 있던 것인지 전혀 상관하지 않는 것처럼. 그녀는 하고 싶은 대로, 느끼는 대로 행동했다. 그러면서 확실히 내적 자유를 느꼈다. 요양소 분위기로 보면 자신의 행동을 보호하는 것은 물론 지원하는 것 같았으니 더욱 그렇게 느꼈으리라. 요양소에서는 아무도 그녀에게 "여기는 당신 방이 아니에요. 나가세요!" 또는 "지금 남의 스웨터를 입고 있잖아요!"라고 말하지 않는다.

만약 타이센 부인이 침대에 누워 있을 때 다른 환자가 와서 그 옆에 앉거나 누워도 그녀에게는 상관이 없다. 누군가 다른 사람이 "그녀의" 침대를 사용한다고 해도 아무 이의가 없는 것이다. **나와 너가 무너진 것이다.** 얼마나 자유로운가? 이제 더 이상 아무도 그녀의 주변을 방해하지 못한다. "내 주변"이란 말하자면 "나의 나"에 속하는 것이다. 그러나 "나"와 "나의 것"이란 것이 사라져버린다면 내 주변이란 범위도 더 이상 영역의 한계가 없어진다. 자아가 점점 사라지는 것이다. 자아에 대한 집착이 약해지고 느슨해지는 것이다. 즉, 타이센 부인은 존재의 새로운 영역으로 확장되고 있는 셈이다.

치매 환자들은 때때로 인류의 위대한 스승들이 온 생애를 바쳐 얻고자 노력했던 것들을 경험한다. 자아가 없는 삶을 사는 것이다. 이 오랜 노예 감독관[9]은 말한다. "나는 하고자 한다! 나는 해야 한다! 나는 해도 되거나 해서는 안 된다! 더, 그리고 더욱더 나는 하고 싶다!" 노예선의 고수鼓手처럼 나das Ich는 박자를 맞추고, 우리 모두는 쇠사슬에 묶인 채 그 박자를 따라 움직인다. 그러나 많은 중증 치매 환자는 여기서 완전히 자유롭다. 그들은 박자 따위는 알지 못하는 것 같다. 그것을 모르는 게 무슨 대수란 말인가? 저렇게 즐겁기만 한데…….

이 유쾌함과 즐거움은 어디에서 오는 것인가? 확신하건대, 그것은 아주 깊은 차원의 정신으로부터, 영적인 차원이라고 말할 수도 있는 네 번째 차원의 정신으로부터 온다. 내부의 어떤 빛이 나와 내 것, 판단과 편견 등에 방해받지 않고 그들의 존재를 비춘다. 그 빛은, 세상을 규정 짓는 데서 자유로운 아이의 눈으로 보듯, 오로지 보이는 대로 보는 그 정신 속에서 빛난다. 그래서 그토록 유쾌하고 해맑은 느낌을 주는 것이다. 무엇 때문에 그들이 어제 일과 과거에 묻힌 분노와 고통 따위에, 그리고 우리 건강한 자들이 풀어버리지 못한 분노 따위에 속을 썩어야 한단 말인가? 내일? 그런 건 생각할 필요도 없다!

내적 자유 상태란 것에 관해서는 도가道家 경전에 실려 있던 말이 생각난다. "내게 다가오려는 일에 대해서는 걱정하지 않고, 나로부터 떠나간 일은 이미 잊어버렸다."¹⁰ 치매와 도가 사이에는 뭔가 공통점이 있다. 물론 치매 환자는 도가에 대해서 모른다. 나는 가끔 말한다. "당신은 그걸 모르고 있으면서도, '깨달았습니다.'" 무의식중의 축복인 것이다. 다시 한 번 분명히 말하지만 이것은 모든 이에게 해당하는 이야기는 아니다. 그러나 많은 이에게 해당된다는 것 역시 사실이다.

치매는 아주 생생하게 우리 속에 무언가가, 우리에게 영감을 주고 우리를 관통하는 무언가가 있다는 것을 증명했다. 그것은 아무런 지식도 필요로 하지 않는 정신과, 우리가 존재의 경계를 넘어 시공간의 저편으로 떠나고자 할 때 부딪히는 삶의 맑은 에너지다.

우리가 무엇을 하게 될지,
우리는 모른다

쉰들러 부인의 어머니가 요양원에 입원하게 됐을 때, 여러 가지 문제를 상담하면서 식사 문제를 어떻게 할 것인가에 대해서도 이야기를 나눴다. 그녀의 어머니, 트렘블레 부인은 치매 중 가장 흔한 형태인 알츠하이머병에 시달리고 있었다. 알츠하이머병에 걸리면 매일매일 하는 일상적인 행동들, 예를 들어 빨래하는 것, 옷을 입는 것, 화장실 출입 같은 것을 점차 혼자서 할 수 없게 된다. 쉰들러 부인에게 이제 이런 일들은 더 이상 새삼스럽지 않았다. 치매가 계속 진행된다면 밥 먹을 때도 도움이 필요하게 된다는 것은 그녀도 알고 있었다.

치매 환자가 식사하다가 밥 먹는 것을 잊어버린다거나, 밥그릇을 앞에 두고 멀거니 쳐다보면서 무엇을 어떻게 해야 하는지 모르는 상황이 벌어지는 것은 특별한 일이 아니다.

그럴 때는 누군가가 도와주어야 한다. 자주 먹여주거나 — 관료주의적인 전문 용어를 쓰기로 한다면 — 음식을 "제공"해야 한다. 여기까지는 쉰들러 부인도 잘 알고 있었다.

그러나 그녀가 모르는 것, 아니 그녀뿐 아니라 대부분의 사람이 모르는 것은 이런 것이다. 중증 치매 환자의 경우, 어느 시점이 되면 다른 사람이 입 속에 떠 넣어준 음식을 어떻게 해야 할지 모르는 때가 온다. 더 이상 씹지 않고, 입에 넣어준 빵 조각을 그냥 혀 위에 얹어두는 것이다. 아니면 음식을 끝없이 씹기만 하고 넘기지를 못한다. 삼키기를 원치 않거나 음식을 씹고 삼켜야 한다는 것 자체를 잊어버린 것이다.

그런가 하면 환자들이 배고픔이나 갈증을 느끼지 못할 때도 있다. 혹은 목이 말라야 할 때 배고픔을 느끼고, 배가 고파야 할 때 갈증을 느끼기도 한다. 어떤 이들은 입맛은 있지만 생명을 유지하기에는 턱없이 적은 양의 음식만 먹는 경우도 있다. 요구르트 두 숟갈에 벌써 배부르다며 식사하기를 거부하는 것이다. 이건 그 사람이 심리적으로 매우 침울한 상태에서 삶의 종지부를 찍고 싶어서 하는 행동이 아니다. 뇌가 망가진 탓에 배고픔이나 목마름 같은 가장 기본적인 사항들조차 제대로 인식하지 못하고 기능하지 못해 생기는 일이다. 삼킨다는 것도 뇌가 간여하지 않고는 진행될 수 없는 과정이다. 그래서 쉰들러 부인에게 간단히 설명했다. "언젠가 어머니께서 더 이상 식사를 하실 수 없거나 아니면 하지 않으시려고 하는 때가 올 겁니다. 그러면 정상적인 방법으로는, 그러니까 입을 통해서는 식사를 공급할 수 없게 됩니다. 그러니 그때가 오면 어떻게 하실지, 천천히 시간을 두고 잘 생각해보시기 바랍니다."

이 문제를 구체적이고도 아주 첨예하게 표현해본다면 이렇다. 굶어 죽거나 목말라 죽는 것을 택할 것인지, 급식줄을 통한 인공 급식을 택할 것인지. 쉰들러 부인의 대답은 이런 질문을 받은 다른 사람들의 반응과 같았다. "어머니가 더 이상 식사를 할 수 없는 지경까지 가게 된다면 돌아가시게 둬야지요. 저로서는 인공으로 급식줄을 단다는 것은 받아들일 수 없네요. 어머니도 그건 원하지 않으실 거예요."

트렘플레 부인은 대부분의 치매 환자들처럼 유쾌하고, 신체적으로도 아직 활동적이었으며, 치매에 걸렸다는 사실만 빼면 아주 건강한 사람이었다. 그녀는 여든 살이 넘었지만 아직도 치아가 전부 자기 것이었고, 믿기 힘든 일이겠지만 때운 곳조차 하나 없는 건치였다. 그녀는 요양원 내부와 정원을 돌아다니며 산보하기를 즐겼다. 거의 매일 오후마다 트렘플레 부인은 좋아하는 구절을 소리 내어 외쳤다. 마치 진언을 읊는 것처럼 말이다. "우산, 목도리, 빨간 모자, 그리고 장갑."[11]

나는 어느 날 요양원에 붙여둔 포스터 앞에 트렘플레 부인이 서 있던 장면을 잊을 수 없다. 그 포스터는 알츠하이머

협회에서 주최하는 무슨 행사에 관한 것이었다. "알츠하이머"란 글자가 주먹만 한 글씨로 포스터에 인쇄돼 있었다. 그녀는 그 글자를 호기심 어린 표정으로 천천히 소리 내어 읽었다. "알츠하이머?" 그러더니 머리를 흔들며 놀랍다는 듯이 덧붙였다. "무슨 말인지 모르겠네." 우리는 그 장면을 바라보며 많이 웃었다.

어느 때인가 그녀가 입맛을 잃었다. 그러나 그녀는 여전히 분주했고 즐거워했으며 장난치기를 좋아했다. "우산, 목도리, 빨간 모자, 그리고 장갑." 모든 것이 평소와 같았다. 단지 먹는 것만 더 이상 원하지 않았다. 우리는 갈림길에 섰다. 쉰들러 부인은 한참을 갈등하더니 결국 인공 급식 장치를 달기로 결정했다. 그렇게 하자면 하는 수밖에.

내가 따님의 갈등과 결정을 충분히 이해할 수 있었다는 것과 별개로 (신체적으로 건강하고 게다가 쾌활한 어떤 사람을 허기와 갈증 속에 놔둔다는 것도 쉬운 일은 아니지만) 다음의 사항들을 밝혀두고 싶다. 쉰들러 부인이 어머니에게 인공 급식을 해야 하는가를 결정하는 갈림길에 섰을 때, 그녀도 결국은 내가 오랫동안 관찰해왔던 다른 환자의 가족들처럼 결정하고 행동했다. 많은 경우, 상황은 트렘믈레 부인의 사례보다 훨씬 나쁘다. 인공 급식 장치를 달지 않겠다는 결정이 이미 내려져 있는 경우가 많기 때문이다. 이런 경우들을 겪으면서 나는 인간들의 일반적 유형을 알게 된 것 같다. 우리 삶에서 있을 법한 미래의 시나리오들에 대해 생각해본다고 할 때, 사실 우리는 그 시나리오가 막상 현실로 닥쳐온다면, 실제로 그때 어떻게 행동하게 될지는 모른다. **우리가 막상 일에 닥쳐서 어떻게 행동하게 될지, 우리는 알 수 없는 것이다.**

아무리 심사숙고한다 한들 변하는 것은 없다. 일차적 차원의 정신, 즉 분석하고 숙고하고 생각해봐도 결정하는 것은 쉽지 않다. 이때는 두 번째 차원의 정신인 느낌 또는 감성이 모든 것을 결정한다. 우리가 무언가에 대해 골똘히 생각한다고 느낌이 오지는 않는다. 머릿속에 그림으로만 존재하던 일이 막상 현실로 닥치면, 그때 우리가 결정하는 대로 결정되는 것이다. 심사숙고한다는 것은 단지 지적인 과정, 머릿속에서 일어나는 일일 뿐이다. 그러나 현실은 실존한다. 전자는 추상적이고 후자는 구체적이다. 관념과 현실, 가능성과 실존, 잠재적인 것이냐 명시적인 것이냐의 문제다.

이런 것들은 내게 겸손할 것을 가르쳐준다. 오늘 머리를 싸매고 고민하던 일이 내일 당장 현실로 닥친다면 그때 내가 어떻게 하게 될지, 오늘의 나는 정확히 알 수 없다. 만약 "안다"라고 한다면 그건 그렇게 생각하는 것뿐이지 정말로 알고 있는 것은 아니다. 나는 현명하게 처신하고 싶지만, 정말로 내가 어떻게 할지는 모른다. 정말 어떻게 할지…….

이런 일들로 내가 스스로에 대해 뭘 얼마나 알고 있는지 드러난다. 그건 내가 머릿속으로만 많은 생각을 하며 살기 때문에 그런 것인가? 만일 어떤 결정을 내리게 될지 모르겠다면, 미래에 대해 충분히 숙고하지 않았기 때문인가? 비록 그 생각이 자주 걱정과 두려움의 형태로 다가오는 것이긴 하지만, 그렇더라도 내가 미래에 대해 충분히 생각하지 않았다는 말인가? 그 생각들이 여기 지금, 내가 사는 유일한 장소이며 **실제로** 결정을 내릴 수 있는 유일한 시간에 대해 새로이 깨닫게 해주지는 못한다는 말인가?

그 일들이 어떻게 닥칠지, 거기에 내가 어떻게 대응할지 나는 모른다. 내 외부세계나 내면세계나 불확실성에 의해 지배받는 것은 마찬가지다. 이 불확실하다는 사실이 아마도 내 인생에서 유일하게 확실한 것인지도 모른다. 아니다. 또 다른 것이 있기는 하다. 죽음—물론 육체적인 죽음—이 어느 순간에는 찾아오게 된다는 것이다. 인공 급식 장치를 달고 있든 아니든 말이다. 모른다는 것, 아니, 일반적으로 이야기한다면 불확실성과 죽음, 이 두 가지만이 인생에서 확실한 사실이다. 이는 느낄 줄 아는 모든 존재에게 통용된다.

베커 부인이라고 오래 전 요양원에서 돌아가신, 그렇게 심한 치매는 아니셨던 분이 있다. 언젠가 한번 베커 부인이 이 인생의 영원한 진리에 대해 이렇게 표현한 적이 있다. "랄프 씨, 하느님이 한 가지는 확실히 공평하게 만들어놓으신 것 같아요. 똥 누는 거나 죽는 건, 가난한 사람이나 부자나 모두 똑같게 해놓으셨으니까요." 낄낄거리던 그녀를 생각하면 지금도 웃음이 난다. 그건 내가 참석했던 어떤 세미나에서 나온 이야기들보다 더 깊이 있는 지혜였다.

학문과 교육이 곧바로 지혜나 행운을 의미하지는 않는다. 그것은 우리 삶에 무언가를 설명하고 추가적인 안락함을 선물할 수 있을지는 모르지만, 삶과 죽음 그 자체에 대해서는 해줄 말이 별로 없는 것이다.

빈곤

그것은 어느 기분 좋은 오후, 테라스에서 일어난 일이었다. 아우베르거 부인과 남편, 몇 명의 친구들이 함께한 자리에서였다. 그들은 케이크를 먹고 커피를 마시며 즐겁게 대화했다. 그때 갑자기 벌 한 마리가 그녀를 쏘았다. 아마 아우베르거 부인이 먹던 케이크 속에 든 벌이었나 보다. 그녀는 알레르기 쇼크를 일으켰고 이어서 혼수 상태에 빠졌다.

아우베르거 부인은 그 일이 있고 나서 몇 주 후에 우리 요양원으로 들어왔다. 목에는 플라스틱 관이, 그리고 몸통에는 두 개의 고무관이 끼어져 있었다. 기도에 연결된 줄과 소변줄, 그리고 인공 급식을 위한 줄이었다. 게르버 부인 때와 얼마나 흡사하던지⋯⋯. 그러나 게르버 부인과는 또 다른 무언가가, 잘 알 수 없는 무언가가 있었다. 그녀는 매우 고통스러워하는 것 같았다. 입이 늘 벌어져 있었는데, 마치 어떤 말을 외치고 싶어 하는 듯했다. 물론 그렇게 할 수는 없었지만 말이다.

우리는 환자가 어떤 심한 통증을 느끼는 것 아닌지 몹시 걱정했다. 아우베르거 부인에게는 진통제가 필요했다. 필요한 진통제를 얻기 위해서 나는 그녀의 담당 의사와 한참이나 실랑이를 벌였다. 의사는 진통제의 양을 아주 조금씩만 늘리고자 했다.

"부인의 통증이 아주 심해요. 그것 가지고는 안 된다고요! 이제 그런 실험은 그만둬요!" 흥분한 나는 전화통에 대고 담당 의사에게 정식으로 항의했다. 이 의사는 환자에게 진통제 몇 방울을 더 투약해야 통증이 완화되고 눈에 띄게 안정되는지 며칠을 두고 실험 중이었다.

무엇이 아우베르거 부인을 더 이상 "망가트릴 수" 있겠는가? 그렇게 사느니 차라리 육신을 벗어나는 편이, 죽는 편이 나을 것이다. 우리는 그녀를 매일 바라보지만 그 의사는 기껏해야 일주일에 한 번 요양원을 방문해 환자를 흘깃 보고 갈 뿐이었다.

"제발 제대로 된 진통제를 당장 주세요!" 내가 요구했다. 의사는 화를 냈다. 나 역시 세련되게 행동하지는 못했던 것 같다. 내가 너무 세게 밀어붙였을 수도 있다. 그렇지만 의사는 자기가 하는 일이 옳다고 강변했다. 그대로 둬도 괜찮을 것이라는 게 그의 주장이었다.

어쨌든 아우베르거 부인은 전보다 훨씬 많은 진통제를 맞고 있다. 그러나 별로 나아진 것처럼 보이지 않았다.

그녀의 남편은 완전히 탈진한 상태였다. 왜 아니겠는가? 그는 외모에 매우 신경을 쓰는 사람으로 늘 깔끔한 양복을 입었다. 외양을 가꾸기 위해 그렇게 많은 공을 들이는 것이 무척 인상적으로 보였다. 그는 매우 지치고 풀 죽어 있었지만 부인의 인공 급식 줄을 떼는 것은 생각조차 하지 않았다. 한번은 그 문제에 관해 이야기를 나눈 적이 있다. 게르버 부인의 가족과는 달리, 부인의 급식 줄을 제거한다는 것은 그에게 상상할 수도 없는 일이었다. 나 역시 급식 줄을 제거하자고 권하지는 않았다. 그렇다고 급식 줄을 유지하라고 권하지도 않았지만 말이다.

어떻게 **다른** 사람의 목숨이 달린 일에 이래라 저래라 훈수를 둘 수 있겠는가? 아우베르거 부인은 계속 음식을 공급받았다. 그리고 그녀의 남편은 하루하루 무너져갔다.

언젠가는 재정적 문제가 심각해질 것이 뻔했다. 자신의 수입만으로 요양원 비용—보험에서는 비용의 일부만 지원된다—을 계속 부담하기는 어렵다. 그렇게 되면 우리 복지국가의 마지막 사회안전망인 생활보호자 신청을 할 수 있다. 어려운 고비에 들어선 것이다. 결국 동냥질이 아닌가? 보험의 나라 독일에서는 많은 사람이 이런 생각을 한다. 이런 건

복지국가 문화와 맞지 않는다. 밀리고 밀리다가 맨 마지막까지 오게 된, 다른 커다란 안전망에서는 이제 보호받지 못하고 굴러떨어진, 사회의 실패자와 극빈자들을 위한 마지막 안전망. 생활보호제도는 오토 폰 비스마르크 제국 수상이 19세기 말에 창설했을 때부터 이런 인식을 불러일으켰고, 그 인식이 그대로 고착되었다. 그래서 생활보호자가 되면 돈을 아낄 수 있지만 이런 인식이 싫어서 법적 청구권을 포기하는 사람들도 있는 것이다.

그러나 포기하지 않으려는 이들, 즉 생활보호를 필요로 하는 이들은 그 전에 스스로를 "발가벗기"고 아직 가지고 있는 모든 것을 소모해야만 한다. 아우베르거 씨는 자영업자라서 공적 연금 청구권이 없었고, 드레스덴에 집을 한 채 소유하고 있었다. 말하자면 그 집이 부부의 노후를 위한 보험이었던 것이다. 집을 살 때 빌린 융자금도 아직 다 갚지 못한 상태였다. 아우베르거 씨는 결국 집을 팔아야 했다. 부인은 혼수상태로 누워 있고, 멋진 양복을 입은 자영업자는 빈곤과 싸우려 나섰다. 늙어서 집세를 내지 않아도 되는 집에서 살아보겠다고 그렇게 열심히 저축해왔던 그가……. 모두 지나가버린 일이 되었다. 차라리 그가 흥청망청 살았다면, 적어도 돈 쓰는 일에 좀 더 취미가 있었더라면 그렇게 가엾지는 않았을 텐데…….

그럼에도 불구하고 그는 그녀의 인공 급식을 중단하려

하지 않았다. 비용 따위는 문제가 아니었다. 요양소 비용을 감당하기 힘들어 환자가 빨리 죽기를 압박하는 경우도 본 적이 있다. 그것을 심판할 생각은 없다. 과연 다른 이의 중압감과 고통에 유죄 선고를 내릴 수 있는가?

아우베르거 부인은 곧 죽었다. 아우베르거 씨는 완전히 낙심하고 절망했다. 그는 달리는 기차에 몸을 던졌다. 어떤 이들에게는 죽음에 대한 공포가 삶에 대한 공포보다는 작은 것이다.

영생의 들판

내 동생 위르겐이 자살했다. 죽을 때까지 술을 마신 것이다. 우리는 위르겐을 여러 해 동안 무력하게 바라만 보았다. 물론 설득하려 노력하기도 했다. 외래 진료라도 받아보라고 사정하면 그러겠다고 했지만 막상 실행하지는 않았다. 동생은 스스로를 알코올중독이라고 생각하지도 않았다. 어느 날, 위르겐은 자기 집 복도에서 죽은 채 발견되었다. 주위는 흥건한 피바다였다. 나는 수화기에서 들려오던 어머니의 목소리를 잊을 수 없다. 그날은 햇살이 아주 화창한 여름의 어느 주말이었다. 위르겐이 죽었다.

나는 그런 날이 오고 말리라는 것을, 그렇게는 계속 살 수 없다는 것을, 결국은 죽게 될 것이라는 것을 어쨌든 알고 있었다. 아버지 역시 알고 있었다. 요양원에 들어가서도 술을 마시느니, 차라리 죽는 편이 낫겠다고 생각했을 것이다. 나 역시 그런 생각이었다.

우리 요양원에는 명백하게 보호가 필요할 정도로 술에 절어 있는 사람이 많았고, 나는 그들의 뒤죽박죽인 상태와 더불어 그들이 스스로에게 또는 가족에게 가하는 고통도 많이 보았다. 간경화로 배는 부풀어 올랐고 기묘하게 반짝였다. 그들은 피를 토하기도 했다. 식도의 정맥류에서 나오는 것으로 완전히 핏덩어리였다. 위르겐의 몰락은 생각보다 빨랐다. 그건 어쨌든 다행스러운 일이었다.

위르겐의 죽음을 알리는 전화를 받았을 때 충격은 받았지만 놀라지는 않았다. 언젠가 오고야 말 일이었다. 위르겐은 극단적인 길을 갔다. 동생은 자신의 존재 자체를 고통스러워했지만 우리는 위르겐을 도울 수 없었다. 오랫동안 우리는 알코올이 그토록 큰 문제가 될 것이라는 사실을 받아들이려 하지 않았다. 위르겐이 오전부터 와인을 들이키는 일은 어쩌다 한 번이 아니라 일상적이었는데도 말이다. 일어나자마자 독주를 한 병씩 들이킨다는 사실도 그때는 몰랐다.

한번은 알코올중독 때문에 응급실에 실려간 적이 있었다. 병원에서는 위르겐의 위장을 세척한 다음 "격리된" 정신과 병동에 가두었다. 어머니는 당신의 아들이 "미친놈과 정신이상자"들이나 오는 이런 병동에 보내졌다는 데 엄청난 충격을 받았다. 담당 의사는 무뚝뚝하게 말했다. "뭘 어떻게 하시려고요? 댁의 아드님이나 여기 있는 다른 사람들이나 마찬가지예요."

그건 적절한 말이었다! 이 사건은 위르겐에게도 깊은 인상을 남겼다. 동생은 내게 위세척을 하는 동안 남자 간호사들이 "더러운 돼지새끼"라는 말을 비롯한 욕설들을 했다고 전했다. 알코올에 중독된 자들은 어디서도 환영받지 못하는 것이다.

위르겐은 내 동생일 뿐 아니라 직장 동료이기도 했다. 위르겐은 우리 요양원에서 조리사로 일했다. 동생이 유쾌했던 시절도 있었다. 그런데 언제부터인가 우울함이 위르겐을 감싸고 돌았다. 행동도 변해갔다. 동생은 점점 이상해졌다. 어느 때는 이해할 수 없을 만큼 공격적이었고, 또 어느 때는 불만투성이였다가 지나치게 즐거워하기도 했다. 이 모든 것도 오늘날 위르겐을 되짚어보고서야 알 수 있게 된 것들이었다. 고속으로 촬영된 매일의 일상을 슬로비디오로 다시 틀어본 뒤 깨달았다는 말이다.

알코올중독에도 불구하고 위르겐은 직업을 바꾸는 데 성공했다. 동물보호사 교육을 받고 끝내 자격증을 땄던 것이다. 동생은 동물을 좋아했다. 내 생각에는 사람보다 동물을 더 사랑했던 것 같다. 이해할 수 있는 일이다. 한번은 동물원에서 일할 때였는데, 수의사가 새끼 돼지 거세 수술을 도와달라고 한 것을 거부한 적이 있다. 마취도 하지 않고 수술을 한다는 이유 때문이었다. 동물원은 마취제를 살 예산이 없었던 것인데 위르겐으로서는 이해할 수 없는 일이었다. 그 일로 위르겐은 동물원에서 해고될 뻔했다. 그러나 나는 내 동생이 그렇게 행동했다는 사실이 자랑스러웠다.

나는 숫염소를 거세하려는 수의사를 한번 도왔던 적이 있다. 수의사는 염소를 전신마취한다면 생명을 잃을 위험이 있다고 했다. 그래서 진통제만 주사했다. 그 불쌍한 짐승은 수술할 때 마구 울부짖었다. 염소, 소, 돼지도 우리처럼 고통과 두려움을 느낀다. 아픔과 두려움은 우주 만물에게 공통된 자연적 특성이다.

나는 우리 인간이 고통을 느낄 줄 아는 연약한 피조물에게 고통을 안기는 것이 부끄럽다. 우리가 사는 이 나라에서도 매일 그런 일이 무수히 일어나고 있다. 수컷 새끼 돼지의 불알을 까면서 경제적인 이유를 핑계로 마취도 하지 않고 살을 짼다. 사람이 동물을 거세하는 이유는 단 한 가지다. 불알을 깐 돼지라야 더 맛 좋은 고기와 소시지를 얻을 수 있기 때문이다. 우리는 단지 먹기 위해서 죽이는 것이 아니라 더 맛있게, 더 많이 먹기 위해 고통까지 주어가며 짐승을 죽인다. 단지 우리들 좋자고!

우리는 소유욕에 내몰리고 있다. 그러나 그것이 고통을 가져온다는 사실에는 애써 눈을 돌리는 것이다.

동양의 옛 철학자들은 이 소유욕의 문제에 대해—그리고 그 반대편의 무소유 문제에 대해서도—집중적으로 분석했다. 철학자들은 소유욕을 우리 존재의 근본적인 문제로 인식했다. 소유욕은 결코 충족될 수 없다. 분노는 더 큰 분노를 야기하고, 폭력은 더 큰 폭력을 불러오며, 독한 술은 더 독한 술을 요구하듯이 소유욕은 더 큰 소유욕을 불러온다. 소유욕은 나라는 존재 속에 뿌리박고 있다.

'나는 원한다.' '나는 원하지 않는다.' 이것이 사람들을 움직인다. 그리고 이것이 우리가 사는 세상을 망가트린다. 자본주의 철학자인 애덤 스미스에게는 '나'라는 존재가 사상의 기초를 이루는 원리가 됐다. 그는 모든 "나들Ichs"이 자신의 행복을 추구해 다른 이들과 경쟁하는 것 그 자체가 이 세계의 최선을 이루는 길이라고 봤다.

"여보세요, 스미스 씨." 나는 오늘날 그에게 말하고 싶다. "보세요, 우리의 숲과 강, 바다를! 이걸 보고도 그런 이야기를 하시겠습니까?"

여러 해 전, 돼지를 거세하는 장면을 찍은 사진을 보고 난 후 나는 채식주의자가 되었다. 그때 이후로 나는 일절 육식을 하지 않는다. 계조차 먹지 않는다. 그렇다고 건강에 문제가 생기지도 않았다. 오히려 그 반대다.

나는 내 동생 위르겐이 자랑스럽다. 위르겐은 스스로를 망가트렸지만 그의 심장은 그가 그토록 사랑했던 약한 존재들을 위해 뛰고 있었다. 만약 동물들의 고통을 대신 짊어질 수만 있다면 동생은 앞뒤 생각하지 않고 기꺼이 자신을 던졌을 것이다. 위르겐의 가슴은 마치 모든 고양이, 개, 새끼 돼지에게 열린 곳간처럼 활짝 열려 있었다. 그것만으로도 동생의 삶은 충분히 가치 있었다. 우리 모두가 위르겐처럼 피조물에 대한 사랑으로 충만하다면 이 세상은 의심할 바 없이 훨씬 좋아질 것이다.

이탈리아의 천재 화가이자 건축가이며, 르네상스의 탐구자였던 레오나르도 다빈치는 언젠가 이런 예언을 내놓은 적이 있다. 이보다 더 단호히 미래를 보여주는 말이 또 있을까?

> 그들의 악함은 그 끝을 모르게 될 것이다. 그들의 우악스런 몸뚱이로 이 세상의 거대한 숲 속 나무들이 베어져 땅바닥에 뒹굴 것이다. 그들은 배불리 먹은 다음 욕망을 충족시키기 위해 모든 살아 있는 존재에게 죽음과 압박, 고난과 공포를 가져올 것이다. [······] 땅 위나 땅 밑의 또는 물속에 있는 어떤 것도 이들에게 쫓기거나 사냥당하거나 죽임당하거나, 아니면 이 나라에서 저 나라로 끌려가지 않는 것이 없을 것이다. 그들의 육신은 그들이 죽였던 모든 살아 있는 신체의 무덤이 되거나 통로가 될 것이다.[12]

고통과 죽음은 모든 곳에 임재한다. 위르겐은 사랑하는 동물들이 평화롭게 살기 바랐다. 동물들은 동생의 형제였던 것이다. 위르겐이 내 형제였던 것처럼······.

위르겐이 죽은 날 저녁, 나는 평소대로 명상에 들어갔

다. 내 생각과 느낌은 그날 일어났던 일 주변을 맴돌고 있었다. 그런데 갑자기 위르겐이 나타났다. 아주 강하게 느낄 수 있었다. 위르겐의 존재가 너무 강력히 느껴져서 눈을 뜨지 않을 수가 없었다. 위르겐은 실제로 거기 있었다. 나는 그것을 알 수 있었다. 의심할 바 없는 일이었다. 나는 위르겐을 보지도 듣지도 못했다. 그러나 온몸의 촉수로 동생이 지금, 여기 있다는 것을 감지했다. 위르겐을 느낀 것이다. 방 안은 위르겐의 존재로 꽉 찼다. 그 시간은 몇 분이나 이어졌다. 그 후 이틀 동안 위르겐이 나를 찾아왔다. 꼭 세 번이었다. 위르겐이 올 때마다 매번 등줄기로 소름이 끼치는 것을 느꼈다. 그리고 사라지더니 그 후로 다시는 나타나지 않았다.

죽은 동생의 존재를 느낀 것은 나만이 아니다. 어머니는 부엌에서 무언가를 찾다가 동생이 부르는 소리를 들었다고 한다. "엄마, 엄마! 아무 걱정 말아요. 난 잘 있어요!"

죽음이란 없다. 끝없는 변화가 있을 뿐이다.

나는 가끔씩 위르겐을 떠올린다. 영생의 세계에서 동생은 어떻게 지내고 있을까? 아마도 기분 좋은 발걸음으로 평화롭게, 인도의 전사 유디슈티라가 그랬던 것처럼 개 한 마리를 데리고 유유자적 여행하고 있지 않을까? 고대 인도의 한 서사시에 보면 이 용감한 전사는 자신의 개와 함께가 아니라면 천국의 문으로 들어가지 않겠다고 했단다. 하느님은 오랜 논쟁 끝에 결국 개를 데리고 들어오도록 허락했다. 그러자 그 개가 갑자기 지혜와 진리를 상징하는 신성한 존재 달마로 변신했다. 유디슈티라가 천국까지 포기할 각오로, 개와 함께가 아니라면 천국에 들어가지 않겠다고 하느님에게 맞서기까지 하며 버틴 것은 결국 그의 사랑과 선의에 대한 시험이었던 것이다. 유디슈티라는 이 시험을 통과했다.

우리가 이런 시험에 들면 어떻게 될까? 만약 최후의 심판이 다가온다면 나는 **모든 존재** 앞에서, 인간이든 아니든 모든 존재 앞에서 당당할 수 있기를 빈다. 나는 이 시험을 통과하고 싶다. 그래서 위르겐과 함께 저 영생의 들판으로 걸어가고 싶다.

언제 집으로 갈 수 있죠?

퀴르스터 씨는 규칙적으로 나를 찾아온다. 일주일에 꼭 한 번씩은 내 사무실에 와서 이렇게 말한다. "오늘 날씨가 좋군요. 난 그리스로 돌아가고 싶다오. 제발 집으로 보내주시오!" 가끔은 흥분해서 묻기도 한다. "도대체 언제가 돼야 여기서 나갈 수 있단 말이오?"

퀴르스터 씨는 건축가였다. 하지만 술이 그의 인생뿐 아니라 가족들의 인생까지 망쳐버렸다. 퀴르스터 씨를 찾아오는 사람은 아무도 없다. 알코올중독 환자에게는 흔한 경우다. 음주벽은 가족들에게 씻을 수 없는 상처를 안겨주었다. 가족들이 퀴르스터 씨를 용서하는 것은 쉽지 않다. 누가 그들을 비난할 수 있겠는가?

술은 아주 파괴적인 마약이다. 사람을 홀리는 마녀가 액체 형태로 변신한 모습이라고 할까? 술은 어디서나 구할 수 있다. 아주 이 나라가 공식적으로 인정한 마약이다. 세계 최대의 공식적 술판이라고 할만한 뮌헨의 옥토버페스트[13]는 뮌헨 시장이 첫 번째 맥주통의 꼭지를 내리치는 것으로 개막된다. 시장은 바이에른 사투리로 "오차프트 이스!$^{Ozapft is!}$"라고 소리친다. 말하자면 "맥주통이 열렸네, 맥주가 용솟음치네, 자, 취해보세!"라는 말이다.

푀르스터 씨는 술에 취한 상태가 어떤 것인지 잘 안다. 한번은 가정법원 판사가 그의 집을 찾아갔다. 더 이상 술을 마시면 생명을 잃을 수도 있다는 것을 말해주기 위해서였다. 그러나 푀르스터 씨의 집에 도착한 판사는 안으로 들어갈 수가 없었다. 푀르스터 씨가 마시고 버리지 않은 술병들이 방을 가득 채우고 있었기 때문이다. 결국 판사는 그를 정신병원으로 이송하라고 지시했다. 푀르스터 씨의 집은 술병 창고였다. 판사는 현관 앞 계단에 선 채로, 당신은 아무래도 정신병원에 가야할 것 같다고 술 취한 푀르스터 씨에게 말했다. 그 계단은 똥오줌으로 뒤덮여 지린내가 진동했다. 어떤 이웃이 그걸 견뎌낼 수 있겠는가?

알코올은 몸만 망가트리는 것이 아니라 정신도 망가트린다. 아니, 몸이 망가지기 훨씬 전에 정신부터 망가진다. 우리 요양원 환자 다섯 명 중 한 명은 이렇게 술을 마시다가 치매에 걸린 경우다. 요양원에 들어올 당시 가장 젊었던 사람은 채 마흔도 되지 않은 여성이었다.

퇴르스터 씨는 많은 것을 기억하지 못했다. 뭔가를 기억하는 것은 대부분 고작 몇 분에 불과한데, 가끔 몇 시간, 며칠씩 가는 경우도 있었다. 그러나 대화할 때는 멀쩡하다. 오히려 세련된 어법으로 제법 교육받은 사람임을 느끼게 한다. 그렇지만 교육이 비이성적으로 변하는 것과 치매를 막아주지는 못한다.

몇 년 전, 퇴르스터 씨가 우리 요양원에 처음 들어와 내 책상 앞에 앉았을 때 당신이 지금 어디에 있는지 아느냐고 물었다. 그때 퇴르스터 씨는 긴 회색 콧수염을 기르고 있었는데 얼핏 소크라테스를 연상시켰다. 그는 여러 가지를 생각하게 하는 제스처로 답했다. 퇴르스터 씨는 양팔을 뻗어 두 손을 양쪽으로 엇갈리게 해 보였던 것이다. 명쾌한 응답이었다. "보시오, 이렇게 죄수처럼 묶여 있는 게 보이지 않소?"

퇴르스터 씨의 오래된 그리스제 안경은 그의 삶에 잘 어울려 보였다. 퇴르스터 씨는 오랫동안 그리스에서 살았는데, 집에는 올리브나무 40그루가 심어진 땅이 딸려 있었다고 한다. 모든 것을 술로 탕진해버리기 전까지는 말이다. 퇴르스터 씨는 그리스로, 그의 말대로 하자면 자신의 동산으로 돌아가고 싶어 했다.

한동안 나는 일주일에 두 번씩 퇴르스터 씨를 내 방으로 불러 에스프레소를 마셨다. 그 그리스인은 설탕을 넣지 않은 진한 에스프레소를 제일 좋아했다. 그러고는 한 시간

가량 하느님과 세계에 대해 이야기했다. 그런데 언제부터인가 이 만남이 피곤해졌다. 늘 똑같은 대화는 망상의 굴레를 벗어나지 못했다. 그는 결코 술을 마신 것이 아니라고 했다. 모두 자신에 대한 음모라는 것이다. "음모라고요? 무슨 이유로 그런 음모를 꾸미죠?"라고 물으면 "내 땅과 돈 때문이지!"라고 대답하는 식이었다. 녹음기에서 음악이 흘러나오듯 생각이, 망상이 푀르스터 씨에게서 솟아 나왔다. 사람들이 모든 것을 훔쳐 갔단다. 법적 보호자라는 자들이 모두 가져갔다는 것이다. 그래도 아직 연금은 받고 있다고 했다. 그러나 사실 그의 쥐꼬리만 한 연금은 우리 요양원으로 들어온다. 그리고 생활보호기금에서 추가로 그의 요양비를 지불한다. 푀르스터 씨는 빨리 올리브 동산으로 돌아가 나무들도 돌보고, 올리브 수확도 해야 한다고 재촉하지만 그 뚱뚱한 배 때문에 자기 힘으로 계단 몇 개를 오르는 것조차 힘겨워하는 형편이었다.

오늘 또 푀르스터 씨가 내 방문 앞에 와 섰다. 매주 하는 것처럼 나는 법원의 결정에 의해 당신은 여기 머물러야 한다고 설명해준다. 법원의 문서를 보여주기도 한다. 푀르스터 씨는 며칠 전 판사가 와서 요양 기간을 2년 더 연장하기로 했다는 결정을 그새 잊은 것이다. 그는 충격받았다. "오, 하느님 맙소사!"라고 외치더니 "그건 사실이 아닐 거야!"라고 말했다. 지난주에 받은 충격은 벌써 잊어버린 모양이다. 들은 것을 갈무리해서 어떻게든 자기의 기억으로 만들 능력이 없는 것이다. 한번은 내가 그에게 설명하는 장면을—알코올중독과 법원의 결정에 따라 우리 요양원에 오게 되었다는 것을—비디오로 녹화한 적이 있다. 그리고 다음 기회에 이 비디오를 보여주었다. 푀르스터 씨는 믿을 수 없다는 듯이 고개를 흔들더니 짧게 내뱉었다. "이런 제기랄!"

"반¼치매 환자"에게 나쁜 것은 이런 상황이다. 더 이상 이곳 "정상적인" 세계에 속하지도 못하고, 때로 다시 빛이 들기도 하는 저 터널의 끝, 완전한 치매에 도달한 것도 아닌 상황. 그는 결코 집으로 돌아갈 수 없을 것이다. 그리스로 돌아갈 수 있는 길은 없다.

그렇다고 푀르스터 씨 경우가 아주 나쁜 것만은 아니다. 비록 "갇혀 있다"고는 하지만 안정되고 예측할 수 있는 환경에서 지내는 것을 그는 제법 만족해한다. 돌아갈 수 있다는 행운이 영원히 오지 않을지라도…….

이에 비하면 요양원에 있는 다른 알코올중독 환자, "뮌헨 어린애"라고 불리는 드레쉬만 씨의 경우는 훨씬 나쁘다. 매일 요양원 밖으로 외출할 수 있는 사람인데도 그렇다. 어떤 때는 종일 나가 있을 때도 있다. 밖에 나가서는 물론 술을 마신다. 그리고 돌아와서는 짜증을 부리거나, 그렇지 않으면 어느 누구도 흉내 낼 수 없는, 술 취한 이 특유의 살인 미소를 지으며 큰 소리로 "어쨌든 안녕!"이라고 인사한다. 드레쉬만 씨는 그래도 괜찮았다. 의사와 보호자가 허락했고, 법원 역시 그 결정에 이의를 제기하지 않았기 때문이다. 물론 벌써 여러 번 행인들이, 또 몇 번은 응급 의사가 거리에서 그를 발견하고 요양원으로 데려온 적이 있다. 그래도 가벼운 찰과상이나 할퀸 자국 말고는 다쳐서 들어오는 경우도 없었다. 드레쉬만 씨는 요양원으로 들어오기 전에 살던 집으로 돌아가고 싶어 했다. 그러나 그 집에는 시선이 닿는 모든 곳에 그의 배설물이 널려 있었다. 나는 그 광경이 담긴 사진을 봤다. 상상할 수 없을 정도였다. 지금 그는 우리와 함께 살지만, 가능한 한 자기가 살던 방식대로 살고 싶어 한다. 우리는 드레쉬만 씨의 몰락을 지켜보면서도 할 수 있는 것이 없다. 자유란 실패할 수 있는 자유까지 포함한다. 그리고 많은 이가 국민 마약 알코올 앞에서 실패한다.

알코올중독은 늙어가는 것과 관련이 있다. 많은 경우, 노년의 고독이 음주를 부추긴다. 이제 무엇을 더 할 수 있단 말인가? 효용, 성공, 능력, 그리고 아름다움과 젊음을 신처럼 떠받드는 세계에서 이제 늙어빠져 아무 짝에도 쓸모없는 인간이 어떤 전망을 가질 수 있단 말인가? 푀르스터 씨와 드레쉬만 씨 — 그리스 사람과 뮌헨 사람: 이들은 술에 빠지고 좌절한 수백만 군중의 하나로 서 있는 것이다.

늦어도 다음 주에는 푀르스터 씨를 다시 충격에 빠트려야 할 것이다. "언제 집으로 갈 수 있지요?" 그는 올리브 숲에 대한 그리움을 가슴속에 새긴 채 이렇게 물어올 것이다. 그러면 나는 법원의 결정문을 다시 보여줘야 하겠지.

고양이 꼬리

심한 치매 환자들 중 어떤 이들은 전혀 통증을 느끼지 못하는 경우가 있다. 바로 마이늘 부인처럼 말이다. 그녀는 자신의 몸에 관한 한 통증이란 걸 일절 못 느끼는 사람 같았다. 그녀의 영혼과 관련해 말한다면, 오히려 어두운 편이었다. 그것은 알츠하이머 환자 중에서는 좀 예외적인 특징이었다. 그녀의 영혼은 고통스러운 듯했다. 그녀는 겉보기에 아무런 이유 없이, 수수께끼처럼 자주 울상을 지었고, 상태가 비교적 안정됐을 때도 뭔가 불행한 것처럼 보였다. 이 불행해 보이는 에너지가 너무 강해서 그녀의 곁에 있는 것만으로도 뭔가 불편해졌다. 그러나 그녀는, 삶을 지옥으로 만들어버리기 때문에 모두가 두려워하는 그 신체적 고통으로부터는 자유로웠다.

치매는 뇌를 바꾸어놓는다. 뇌는 우리 체중의 아주 작은 부분을 차지한다. 무게는 대략 1.3킬로그램밖에 안 되지만, 기초대사의 20퍼센트 정도를 소모한다. 정말 대단한 에너지 소비자라 하지 않을 수 없다. 따라서 머리를 많이 굴릴수록 피곤해지고 진이 빠지는 것은 이상한 일이 아니다. 특히 화를 내거나 걱정이 많을 때는 더욱 그렇다.

생각하거나 기억할 일이 있을 때만 뇌를 쓰는 것은 아니다. 뇌는 모든 생리학적인 과정을 통제한다. 숨 쉬기, 심장 박동, 체온 조절, 소화 등 신체 조직의 복잡한 작용들을 조종한다. 통증을 느끼는 일 역시 뇌의 도움으로만 가능하다. 통증을 느끼려면 의식이 깨어 있어야 한다. 그렇기 때문에 우리는 마취 중에 통증을 느끼지 못하고, 잘 때는 모기가 물어도 모르는 것이다. 심지어는 맑은 정신 상태로 깨어 있을 때라도 무언가에 집중해 깊이 빠지면, 이른바 무아지경에 빠지면 때때로 다른 사물을 제대로 인식하지 못할 수 있다. 예를 들어 불편하게 앉아 있으면 체온이 다소 떨어진다든가, 주변의 소음이 심하면 호흡이 불규칙해진다든가 하는 것이 그렇다.

마이늘 부인은 뇌 조직이 변화해 통증을 느끼는 메커니즘이 거의 사라졌다 할 정도였다. 한번은 그녀가 계단에 서 있는데, 정강이뼈에 커다란 상처가 나서 살이 벌어진 채였다. 정강이란 데가 살짝만 부딪혀도 얼마나 아픈 곳인가? 하물며 어딘가에 심하게 부딪혔는지 손바닥만 한 너비의 살점이 너덜거리고 뼈가 드러나 보이는데도 아무렇지 않다는 듯, 아무 일도 없다는 듯 그녀는 그냥 거기에 서 있었다.

또 한번은 마이늘 부인의 자녀들이 함께 커피와 케이크를 먹으려고 그녀를 집으로 데려갔던 적이 있다. 그런데 그녀가 집에서 키우던 고양이의 꼬리를 밟았고, 고양이는 비명을 지르며 불운하고 고통스러운 상황을 벗어나기 위해 몸부림을 쳤다. 그러나 마이늘 부인은 마치 그때 계단에 서 있던 것처럼 아무것도 느끼지 못한 채 그대로 있었다. 그녀는 아무것도 알아채지 못했고 느끼지도 못했으며 반응하지도 않았다. 궁지에 몰린 불쌍한 고양이가 그녀의 장딴지 근육을 심하게 물었고, 자녀들이 부랴부랴 둘을 떼놨지만 이미 그녀는 심한 부상을 입은 상태였다. 마이늘 부인은 병원에 실려갔다. 그 고양이의 꼬리는 어떻게 됐는지 모르겠다.

마이늘 부인이 의도적으로 고양이에게 고통을 주려고 한 것은 결코 아니었다. 그러나 이런 종류의 사람과 동물의 만남—고양이에게는 매우 고통스러웠지만 사람에게는 그렇지 않았던 만남—은 영국의 법률가이자 철학자인 제러미 벤담을 떠올리게 한다. 벤담은 이미 19세기에 동물을 대하는 인간의 비정한 태도에 큰 우려를 표했던 것이다. 그는 동물의 권리에 대해 생각하고 이렇게 썼다.

지나간 한 시기에, 그리고 이렇게 말하는 것이 슬프지만 오늘날에도 아직 여러 곳에서 일어나는 일로서, 법이 "노예"라는 표현으로 상당수의 종족을 다루었다면 오늘날에는 예를 들어 [……] 동물들이 그런 취급을 받고 있다. 언젠가는 여타의 생명 있는 피조물들에게도 그동안 인간의 폭압에 의해 박탈된 권리가 보장되는 날이 올 것이다. 언젠가는 다리 수가 몇 개고, 피부의 탄성이 어떻고, 골반뼈의 끝이 어떻고 하는 등의 구분으로 예민한 생물을 같은 운명으로 몰아넣는 것이 얼마나 형편없는 핑곗거리인가 하는 것을 깨닫게 될 것이다![14]

앞서간 많은 철학자처럼 벤담도 사람과 동물의 차이에 대해서, 두 존재 사이의 경계에 대해서 고찰했던 것이다. 벤담에게 그 경계란, 인간이 자신보다 약한 피조물과 어떻게 지내야 할지 또는 지낼 수 있는지 그 가능성과 한계를 가늠해주는 것이기도 했다.

아울러 치매와, 높이 평가돼온 인간의 사고능력 사이의 연관성에 대해 벤담의 주장들은 상당한 폭발력을 갖는다. 그의 언설은 인간의 윤리학에 근본적인 질문을 던진다. 동물권리론자 벤담이 묻는다. "도대체 어떤 표징들이 넘어설 수 없는 경계선이란 말인가? 생각하는 능력인가, 말하는 능력인가? 그러나 다 큰 말이나 개는 태어난 지 하루 지난, 아니면 일주일 또는 한 달 된 아기보다 더 말귀를 잘 알아듣고 소통능력도 뛰어나다. 설사 그렇지 않다 한들 뭐가 달라진단 말인가?"[15]

생각하는 능력을 인간과 다른 피조물을 구분하는 특성

으로 간주하는 것은 아주 나쁜 구분법이다. 치매 환자들을 보면 이 문제가 아주 분명해진다. 그들을 과연 생각하는 존재라고 볼 수 있을까? 만약 이런 문제의식에 동의한다면 우리의 시선을 **완전히 다른 곳으로** 돌려봐야 하는 것은 아닐까? 벤담의 이 글에 나는 완전히 공감한다. "[동물이] 생각할 수 있는가? 말할 수 있는가? 문제는 이것이 아니다. 오히려 이렇게 물어봐야 한다. 동물은 고통을 느낄 수 있는가?"[16]

모든 피조물의 고통을 피하도록 하는 것이 인간의 행동 원칙이 된다면 이 세상은 얼마나 아름다워질까?

두 개의 경계를 넘다

"내 딸이 죽으러 스위스 국경을 넘어갔답니다."

칼바이트 부인은 별 감정의 동요 없이 아무렇지도 않게 말했다. 가혹한 운명이 그녀를 감싸고 있었다. 그녀의 남편은 우리 요양원에 꼼짝 못하고 누워 있었고, 앞으로 좋아질 기미도 전혀 없었다. 그런데 또 이런 소식을 듣게 되다니…….

칼바이트 부인의 딸인 뎅크 부인이 병의 증세를 처음 느낀 것은 어느 장례식에서였다. 이 얼마나 운명의 장난 같은 일이란 말인가? 절대로 치유가 불가능한 죽을병에 걸렸다는 첫 증상을 어떤 묘지에서 겪게 되다니……. 그녀는 대퇴부에 경련이 이는 것을 느꼈다.

가끔 몸에 경련이 이는 것은 그리 이상한 일은 아니다. 눈썹이 떨릴 때도 있고, 입가 또는 팔다리에 경련이 올 수도 있다. 이명 현상도 그런 종류의 것이다. 이 모든 것은 정상이거나, 다른 말로 하자면 보통 "스트레스"라고 부르는, 문명의 가장 큰 재앙인 "아주 정상적인 정신 질환"의 범위 안에서 일어나는 현상이다.

그러나 뎅크 부인의 경우는 달랐다. 그녀의 경우는 ALS amyotrophe Lateralsklerose라는, 신경이 퇴화하는 아주 희귀한 병이었다. 독일에서는 연간 10만 명당 2~3명 정도에게 발병한다. 세계에서 가장 유명한 ALS 환자로는 천재 물리학자 스티븐 호킹을 들 수 있다. 그는 상당히 오래 전에 이 병에 걸린 채 살고 있다. 1963년에 처음으로 이 병을 발견했을 때 사람들은 이제 그가 얼마 살지 못할 것이라고 이야기했다. 그는 의사들의 진단이 '오늘의 운세'를 읽는 것과 별반 다르지 않다는 것을 몸소 보여주며 의사들을 꾸짖은 셈이다. 호킹은 여전히 우리와 함께 살고 있다. 이렇다 할 큰 지장도 없이 말이다. 그는 전신이 완전히 마비돼, 말하기 위해서는 눈으로 조종하는 컴퓨터의 도움을 받아야 하지만 말이다.

의학적 예후가 얼마나 엉터리일 수 있는가 하는 문제는 나도 여러 번 겪은 바 있다. 예를 든다면 발저 부인의 경우다. 그녀는 우리 요양원의 환자였는데 여기 실려올 때만 해도 죽음이 머지않아 보였다. 그때 의사는 수화기에 대고 이렇게 말했다. "산다면 아마 일주일이나 더 살 수 있을까요?" 그녀는 간경화 말기인 데다 당뇨가 심했고 그 외 다른 병도 많았다. 그러나 발저 부인은 다리 한쪽을 절단하고 1년 후 다시 집으로 돌아갔다. 그사이 새 애인을 만나 희희낙락했던 그녀의 남편에게는 고통스러운 일이었겠지만 말이다. (발저 씨가 요양원으로 그녀를 면회 올 때면 그 애인이 늘 차에서 기다렸다.)

"그의 계획이 수포로 돌아가게 했지!" 발저 부인은 자주 이렇게 말하곤 했다. 그녀는 남편의 외도를 알고 있었던 것이다. 나는 그 외도에 대해 뭐라 말하고 싶지 않다. 발저 씨는 건강했으며, 더 살고 싶었을 것이고, 감정에 충실하고자 했을 테니까.

"그의 계획을 수포로 돌아가게 했죠!"

이 에너지, 이것이 그녀가 요양원에서 죽음을 맞지 않고 집으로 돌아가게 만든, 그것도 그리 빨리 남편에게 복수하며 돌아가게 만든 힘이었다. 이 에너지는 발저 부인의 목숨을 붙들었을 뿐 아니라 실제로 그녀를 건강하게 만들었다.

때로 의학적 예후는 무시해버려도 좋다. 물론 진단이 맞는 경우도 많다. 칼바이트 부인의 딸이 그랬다. 그것은 참담했다. 칼바이트 부인이 딸이 ALS에 걸렸다는 것을 입에 물고 있던 담배의 가느다란 연기처럼 뿌연 목소리로 말했을 때, 나는 정말로 무슨 말을 해야 좋을지 몰랐다. 사실 어떤 위로도 별로 소용이 없었을 것이다. 그럴 때 사람들이 하게 되는 말이 있다. "의사들은 뭐라고 해요? 얼마나 살지⋯⋯?" 칼바이트 부인이 대답했다. "1년이나, 2년이요."

그녀와 거듭 만날수록 딸의 어떤 관절이 더 이상 작동하지 않는지, 마비가 얼마나 무자비하게 진행되는지, 문틀을 확장하고 욕조를 바꾸는 등 딸에게 맞춰 집을 어떻게 고쳤는지 알게 되었다. "이제는 다리를 완전히 못 움직이게 됐어요." 손에도 곧 마비가 왔다. 뎅크 부인은 천천히, 그러나 끊임없이 마비되어가고 있는 것이다. 이 과정의 끝에는 질식사가 기다리고 있었다. 기도가 마비되기 때문이다. 뎅크 부인은 그렇게 되기를 기다리지 않고 스스로 안락사하기를 원했다. 그것은 독일에서는 금지되어 있다. 뎅크 부인의 입장에서는 이 문제에 자유로운 스위스가 있다는 것이 고마울 따름이었다. (우리 가족도 스위스에 감사할 것이 있다. 동생 위르겐의 재를 그곳에서 따로 유골함에 넣지 않고 땅 속에 묻을 수 있었기 때문이다. 독일에서는 제대로 된 유골함에 넣지 않고는 뼈를 매장할 수 없다.) 인생의 막바지에서 얻게 된 한 조각의 자유라고 할까?

뎅크 부인은 경계를 넘어갔다. 두 가지 의미에서 그렇다. 먼저 마음대로 죽을 수도 없는 나라의 국경을 넘었고, 다음으로는 삶의 경계를 넘었던 것이다. 그녀는 그곳에서 독약을 받았다. 그러고는 빠르고, 가벼운 죽음을 맞았다. 어머니가 옆에서 그것을 지켜보았다. 2년간의 고통 끝에 받은 선물이었다.

칼바이트 부인은 남편이 죽고 난 후에도 자주 우리 요양원을 찾아온다. 크리스마스 때는 집에서 직접 구운 과자도

들고 온다. 그녀가 여성용 담배에 불을 붙인다. 그리고 이제 곧 자신에게도 다가올 요양 보호의 필요성에 대비한 준비들을 시작한다. 요리하는 것도 이제 전과 같지 않다. 그래서 집에서 만들어 먹는 대신 도시락 서비스를 받는다. 더 이상 큰 욕심도 없다. 큰 단독주택에서 작은 아파트로 이사할 것이다. 이제 얼마나 더 살겠나? 죽음의 사자가 곧 문을 두드리겠지. 바라건대 부드럽게 두드려주기를.

터널

　"다발 경색성 치매에 걸리셨군
요." 신경과 의사가 비스베르거 부인에게 말했다. 그때까지
그녀는 뮌헨의 한 관청에서 책임 있는 자리에 앉아 있었다.
작은 뇌졸중, 하나에 이어 다른 하나가 또 터지며 몇 년 안에
뇌 조직 전체가 파괴된다. 매번 뇌경색 또는 뇌출혈[17]을 일으
키면서 몸은 점점 더 망가졌고 할 수 있는 일들은 줄어들었
다. 막판에 가서 그녀는 복사기 앞에만 서 있게 되었다. 이제
다른 모든 일이 그녀가 감당하기에 버거운 것이 되어버렸던
것이다. 언제부터인가는 복사하는 일도 더 이상 할 수 없게
되었다. 그녀는 자신의 몰락을 말짱한 정신으로 지켜보았다.
　어느 날, 비스베르거 부인이 우리 요양원으로 들어왔다.
한시라는, 그녀가 키우는 앵무새도 함께였다. 그녀는 자주 요
양원 복도를 돌아다니며 한시를 불렀다. 그러나 막상 새장

앞에 서서는 한시를 알아보지 못했다. 한시는 그녀의 머릿속에 희미하게 남은 기억이었던 것뿐이다. 현실에서 한시를 알아보는 것은 더 이상 가능하지 않았다. 언제부터인가 한시를 부르는 것도 중단되고 말았다. 조금씩, 조금씩, 한 걸음, 한 걸음 치매가 진행됐다. 비스베르거 부인은 점점 치매로 빠져들었고, 아들이 그것을 지켜봤다.

"산다는 게 도대체 뭐란 말입니까?" 그는 내게 자주 이렇게 물었다. "차라리 돌아가시기라도 했으면!"

결국 그녀는 침대에 누워서 지내게 되었다. 그녀의 멍한 시선이 방안을 맴돈다. 그러나 고통은 이제 멀리 가버렸다. 그녀는 드디어, 터널을 통과한 것이다.

터널은 치매를 설명할 때 내가 즐겨 쓰는 단어다. 터널의 끝은 자주 고통의 끝을 말하기도 한다. 치매와 관련해서 시중에서는 가끔 "정신이 캄캄해지는 것"[18]이란 말을 쓴다. 그러나 터널의 끝에서 기다리는 것은 밤[19]이 아니라 빛이다.

터널 안은 물론 캄캄하지만 그 끝은 대낮처럼 밝을 수 있다. 그처럼 그녀의 고통은 이제 끝나고, 대신 이완되고 유쾌한 여유를 즐길 수 있을 것이다.

회플러 씨의 경우를 돌이켜보자. 그때 그가 그녀에게 "좋은 아침입니다, 아름다운 여인이시여. 그런데 누구신지요?"라고 말했을 때, 회플러 씨는 이미 터널 깊숙이 들어갔던 것이다. 약이 전혀 듣지 않을 정도로.

나는 치매 환자의 가족들과 약물 치료의 의미에 대해 자주 이야기를 나눈다. 내가 늘 듣는 질문은 이것이다. "어머니가 알츠하이머 약을 계속 드셔야 합니까?" 그러면 나는 되묻는다. "약을 드시면 일상생활하시기가 좀 나은 것처럼 보입니까?" 대부분의 경우 돌아오는 대답은 "아니오"다. 약은 일정한 기간 동안은 효과가 있다. 그러나 어느 때가 되면 약을 먹는다 해도 일상을 유지하기 힘들다.

나는 이어서 묻는다. "어머니께서 약을 드시고 예전보다 나은 삶을 누리고 계신다고 생각하십니까?" 그러면 역시 "아니오"라는 답변이 돌아온다. 그러면 나는 늘 이렇게 말한다. "의사에게 물어보십시오. 그러나 제 생각에 이제 약을 드시는 건 의미가 없을 것 같아요. 치매란 멈추지 않고 계속 진행되는 병이거든요. 약에는 심한 부작용들도 있습니다. 그리고 만약 어머니께서 깊은 치매 상태에 계신다면 오히려 좋은 기회입니다. 더 행복하고 유쾌하니까요. 무엇 때문에 막을 수 없는 것을, 어쩌면 고통을 끝낼 수도 있는 것을 확실치도 않은 방법으로 진행을 늦추려고 하시는 거지요?"

치매에서 가장 힘든 시기는 과도기다. 때로는 일상적인 기능들을 수행하기도 하지만 ─ 물론 제대로 하는 건 아니지만 ─ 가끔은 전혀 못할 때도 있는 것이다. 인생이 그날그날의 상태와 사정에 따라 "그래도 돌아간다"와 "더 이상은 안된다" 사이를 왔다 갔다 하는 것이다. 당사자가 이런 상황을 알고 있다면 고통은 가중된다.

나는 피셔 부인을 잊을 수 없다. 그녀는 미모가 뛰어났을 뿐 아니라 감각적이고 멋진 사람이었다. 그녀는 알츠하이머병에 걸렸지만 "반만 제정신인" 그 터널을 완전히 통과하지 못하고 있었다. 피셔 부인은 문득문득 뭔가 정상이 아니란 것을 느꼈다. 언젠가 그녀가 의자에 앉으려고 할 때 마침 그 옆에 있었던 적이 있다. 그녀는 제자리에 앉지 못하고 자꾸 의자 옆으로 앉으려 했다. 나는 그녀를 부축해 의자에 앉혀주었다. 그때 잠깐 정신이 돌아온 그녀는 그 장면을 기억했다. 자기가 의자에 제대로 앉을 수조차 없다는 사실을 알아차렸던 것이다. 그녀의 뺨 위로 눈물이 흘러내렸다. 이제는 스스로 앉는 것도 할 수 없게 되었다는 사실을 알고는 울었던 것이다. 그런데 그런 일은 그때 한 번뿐이 아니었다. 그 역시 나를 슬프게 했다.

터널이 무너져가는 과정은 고통을 수반한다. 피셔 부인이 완전한 치매 상태에 들어간 다음에는 매우 자주 웃었다. 어두운 터널 끝, 첫 번째 차원의 정신이 사라진 끝에는 다시 빛이 들고 삶의 즐거움이 찾아올 수 있다. 나는 가끔 그런 생각을 한다. 어떤 영혼들은 삶의 고통으로부터 도망치기 위해 치매를 택하는 것 아닐까? 말하자면 치매를 도피처로 택한 것은 아닐까?

비스베르거 부인의 경우에는 확실히, 정상적인 삶과 이

별하는 데 아주 길고 고통스러운 과정이 있었다. 복사기, 어두운 터널 입구와 그 끝의 밝음 사이에 섰던 그 복사기는 그녀가 가야 하는 길을 보여주는 씁쓸한 상징물이다.

"도대체 인생이란 게 뭘까요?" 매번 그녀를 찾아올 때마다 부인의 아들이 내게 던지는 이 질문이 다시 허공을 맴돈다.

어느 날인가, 비스베르거 부인이 무언가에 심하게 감염되었다. 그녀는 거의 아무런 움직임 없이, 우리가 접근조차 할 수 없는 자기만의 세계에 갇혀 벌써 오랫동안 침대에 누워 있었다. 그녀의 정신은 이제 그녀가 그 불쌍한 앵무새 한 시를 가둬놓았던 그 새장처럼 작아진 뇌 속에 갇힌 것이다. 새는 다시 날아오르지 못할 것이다. 나는 그녀의 아들에게 전화했다. "어머니가 무언가에 감염되었습니다. 어머니를 병원으로 모시겠습니까? 만약 병원으로 옮기지 않는다면 어머니는 돌아가실 것 같습니다." 드디어, 나는 속으로 생각했다, 이제 그녀가 죽을 수 있는 기회가 왔구나. 그러나 아들 비스베르거 씨는 완전 당황했고, 큰 충격까지 받은 듯했다. 나는 어머니를 병원으로 보낼 거냐고 재차 물었다.

나는 병원 치료가 필요한 경우, 아주 위급한 상황이 아니라면 반드시 환자 가족과 이 문제를 상의해야 한다고 설명했다. 위급한 상황이란 생명 연장을 위한 긴급 조치를 위해 환자 가족과 상의할 시간도 없이 급히 응급 의사를 불러야 하는 상황을 말한다. 때로는 생명 연장 치료를 원하지 않는

가족들도 분명히 있다. 비스베르거 씨는 어머니를 병원으로 이송하기 바랐다. 그녀는 병원에서 성공적으로 치료받았다. 그리고 다시 요양원으로 돌아와 죽을 때까지 오래도록 우리와 함께 살았다.

비스베르거 부인이 죽었을 때 아들 비스베르거 씨가 배우자와 함께 나를 찾아왔다. 그는 그때 왜 어머니가 돌아가시도록 놔두지 않았나 자주 후회했노라고 말했다.

"그건 잘못이었어요." 그가 말했다. 나는 이렇게 답했다. "아뇨, 잘못하지 않았습니다. 제가 보기에 선생님은 그때그때 할 수 있었던 일들을 정확히 했을 뿐입니다."

비스베르거 씨의 느낌, 감정—두 번째 차원의 정신—은 그때 어머니의 죽음을 결정해야 한다는 것을 받아들일 수 없었던 것이다. 충분히 이해한다. 나 역시 누군가가 어느 날 "살릴 거요, 죽일 거요?"라고 물어왔을 때 어떤 결정을 내릴지 알 수 없기 때문이다. 내가 언젠가 그런 경우를 한번 **당하게 된다면** 잘 알 수 있을 텐데……. 그저 부모님과 내가, 비스베르거 부인이 마셨던 그 고통의 쓴잔만은 피할 수 있기를 바랄 뿐이다.

이 나라에서 우리는, 우리가 원하는 대로 요양 시스템을 만들 수 있다. 조심스럽고 사랑스럽게, 관계되는 모든 사람을 존중하는 시스템으로 잘 만들 수도 있지만, 관료주의적이고 기술적·제도적으로 냉정한, 모든 것이 법제화되고 냉소적이고 경제주의적인 시스템으로 만들 수도 있다. 그러나 어떤 경우에도 변치 않는 것이 하나 있다. 바로 인생의 마지막 위험 요소로서 요양 보호의 필요성을 우리 모두 원한다는 사실이다. 기꺼이 "하르츠 IV"[20]의 보호 아래 사회 주변부를 맴돌거나, 혼자서는 화장실조차 갈 수 없는 정도의 중병과 싸우며 육체적 죽음을 목전에 두고 살 것인지 선택해야 한다.

이 냉혹한 현실을 두고 뭐라고 다르게 에둘러 말한다면 그것이 오히려 비현실적일 것이다. 그리고 나는 모든 이가 최소한 원하는 것을 위해 책임져야 하는 요양원의 원장인 것이다. 어딘가에, 누르기만 하면 요양 보호를 받아야 할 위험으로부터 모든 사람을 해방시킬 수 있는 그런 단추가 있다면, 아마 내가 그 단추를 제일 먼저 누르고 싶은 사람일 것이다.

슈피글러트 부인의 아들은
매일 새로 죽는다

또 다른 월요일이 시작됐다. 오늘
은 우리 어머니의 일흔두 번째 생신이다. 이렇게 우리는 다
시는 젊어지지 않는 것이다. 몇 주 전에 아버지는 척추뼈 하
나가 부러진 탓에 생애 처음으로 휠체어를 타게 되었다. 가
끔 나는 먼 미래에 닥칠지 모를 두려운 장면들을 떠올린다.
그중 하나가 우리 부모님과 아내 실비아의 부모님 모두 요양
보호를 받게 되는 상황이다. 악몽이 아닐 수 없다. 그에 대해
미리 생각해본다고 별 도움이 되는 것은 아니지만, 그렇다고
생각을 아예 안 할 수도 없다. 오케이. 먼저 어머니 경우, 올
해 일흔둘이시라고는 하지만 아무도 그렇게 보지 않는다. 어
머니는 대단히 건강하고 아주 활동적이다. 노년의 티도 아직
나지 않는다. 어머니는 여전히 우리 요양원을 떠받치는 든든
한 기둥이다. 우리 가족은 생일을 ─꼭 그날에 아니더라도─

특별히 챙기지는 않는다. 이 "기념일"을 그렇게 중요하게 생각하지 않는 것이다. 어머니는 오늘도 지나간 여느 생신날처럼 일한다. 짧은 축하 인사, 작은 선물로 끝인 것이다.

슈피글러트 부인이 사무실로 들어와 내 옆에 앉는다. 무슨 일인지 무척이나 흥분해 헐떡이고 있었다. 그녀는 알츠하이머 환자다. 2주 전에 우리 요양원에 들어왔다. 다시 터널 이야기다. "내 자동차를 어디다 두었죠?" 보기에도 무척 낙심한 모습으로 묻는다. "나 지금 집으로 가야 한단 말이에요!" 나는 그녀에게 설명하려 노력했다. 다시 기운을 차릴 때까지 며칠간 여기 머물러야 한다고 말이다. 물론 사실이 아니다. 그녀의 "주의를 돌리기" 위한 소득 없는 시도일 뿐이다. 당신은 이제 다시는 집으로 돌아갈 수 없다는 이야기를, 나는 차마 할 수 없었다. 인도의 속담 중에 "남을 해치지 않고 남을 이롭게 하는 거짓말은 거짓말이 아니다"라는 말이 있다. 나는 그것이 바로 이런 경우를 가리킨다고 생각했다. 다른 식으로 말하는 것은 의미가 없다. 몇 분 지나면 내가 말한 것을 잊어버릴 슈피글러트 부인에게 왜 굳이 "진실"을 이야기해 충격에 빠트린단 말인가? 그녀는 자기가 들은 것을 제대로 이해하지 못하고, 분별하지도 못하며, 생각 속에 담아두지도 못한다. 그래서 고통 역시 시간이 지나면 남지 않는 것이다. 그녀에게 만약 고통이란 것이 도대체 있다면 말이다.

자신이 요양 보호를 받아야 할 상태라는 사실에서 어떤

긍정적인 것을 발견할 수 있겠는가? 만약 신체적으로 그렇게 민첩하고 건강한 여인이 자기가 **왜** 요양원에 있는지 알게 된다면, 아마 절대로 우리와 같이 있으려 하지 않을 것이다. 만일 슈퍼글러트 부인의 치매가 아주 깊다면, 그리하여 이전의 삶도 잊어버렸다면 모든 일이 그녀에게 훨씬 쉬워진다. 그리고 우리에게도. 그녀는 지금 터널 속의 인간이다.

"한 주 더 여기 있어야 할까요?" 그녀가 묻는다. "그 정도라면 충분히 견딜 수 있어요."

이렇게 반응하다니 얼마나 다행인가.

우리가 이야기를 나눌 때, 케머 부인은 집이 떠나가도록 소리를 지른다. 그녀는 하루에 최소한 두 번, 소리 공격을 가한다. 어떤 때는 그 공격이 몇 시간씩 가기도 하는데, 아무 이유도 없이 그런다. 그녀의 고함 소리는 요양원 전체를 들썩이게 한다. 그 소리는 골수에 사무칠 정도여서 신경을 극도로 날카롭게 만든다. 그것이 아흔아홉 살 먹은 사람의 기력이라니! 누가 옆에 있거나 말거나 ― 간호사, 요양 보호사, 의사 심지어는 딸이 있어도 ― 한 번 소리를 지르기 시작하면 남의 사정을 일절 봐주지 않는다. 만약 케머 부인을 집에서 돌보게 한다면 어떨까 하는 생각을 해본다. 그러면 아마 집에 있는 사람은 미쳐버리고 말 것이다. 그런 상황을 감당하는 것은, 많은 이에게 언젠가는 어려워질 일이다. 가족 역시 잡았던 손을 서서히 놓게 된다. 그러면서도 집 안에서의 간병 중에 일어나는 폭력에 대해서는 아무도 이야기하려 하지 않는다. 그런 이야기는 근본적으로 터부시되고, 가족의 울타리 안에서 이루어지는 간병은 미화된다.

케머 부인이 가장 조용할 때는 밥 먹을 때다. 그 시간이 되면 그녀는 접시에 빠져들듯 자리를 잡고 앉는다.

그사이 전화벨이 울린다. 어떤 여성이 요양원에 어머니를 위한 자리가 있는지 묻는 전화다. 수화기 건너편의 여성은 어쩔 줄 모르고 허둥대며 자기 이야기를 쏟아놓으려 한다. 그러는 와중에 거의 2분 간격으로 요양원 현관의 초인종이 울린다. 월요일이 되면 이렇게 정신이 없다. 이런 때는 마치 사람이 누군가에 의해 조종되는 것 같고, 자기가 직접 할 수 있는 것보다 더 많이 **반응**하기도 한다. 오늘 아침, 한 은행 직원과 "타인에 의한 조종"에 관해 이야기를 나누었다. 브레이크 없는 탐욕이 지배하는 세계에서, 그녀는 그렇게 말했다, 자기는 마치 자판기처럼, 그저 무수히 오가는 것들 중 하나의 번호로만 존재하는 것 같다고. 그 말이 얼마나 이해가 되던지…….

오늘 아침 일찍, 나는 아주 멋진 명상의 시간을 가졌었다. 내 심장의 황홀한 고요 속으로 깊이 빠져 들었다. 그러고는 사무실로 출발했다. 그 길에 운전을 하면서 20세기의 비범한 신비주의 신학자이며 음악가인 조르주 구르지에프[21]의 음악을 들었다. 구르지에프의 피아노 곡은 우울함과 희열

사이를 아득하게 흘러갔다. 이따금 그의 음악은 구조와 형식을 무시한 채 흐른다. 구르지에프의 표현을 빌린다면 "기계화됨"의 반대라고 할까?

실제로 우리는 직무를 행할 때 주의 깊게 하려고 애쓰기보다 기계적으로 할 때가 많다. 기본적으로 우리는 삶의 대부분을 반송장으로 지낸다. 좀비들인 것이다. 그래, 멋진 아침이다. 지금은 모든 것을 빗자루로 싹 쓸어낸 것처럼 깨끗하다. 게다가 점심이 오려면 아직 멀지 않았나?

요양원에서는 몇 분만 있어도 하루의 기력이 완전히 소모된다. 전화를 걸어온 여성과는 서둘러 다음 날로 면담 시간을 잡았다. 이미 다 아는 그 고통스러운 이야기를 그녀는 다시 반복하겠지. 그동안에도 케머 부인은 무자비하게 계속 소리를 질러대고, 다른 전화통이 또 울어댄다.

슈피글러트 부인은 여전히 내 옆에 앉아 그 크고 촉촉한, 그리고 안절부절못하는 눈으로 나를 바라본다. "지금 집으로, 어머니에게 가야 한다니까요." 방금 했던 대화가 또 사라지고 만 것이다. 그녀는 이제 정말 정신이 온전치 않은 것처럼 보인다. 그녀가 곰곰 생각한다. "아, 그런데 진짜 모르겠네. 엄마가 아직 살아 있는지." 제정신인 듯하다. "슈피글러트 부인, 그런데 올해 연세가 어떻게 되세요?" 내가 묻는다. 이 대목에서 그녀의 논리가 작동하는 듯했고, 얼핏 알아차리는 것 같기도 했다. 어머니가 살아 있다면 벌써 100살이 훨씬 넘었을 텐데, 엄마가 살아 있을 수는 없다는 것을 알 것 같기도 하다.

그러나 왔다갔다 하는 정신은 슈피글러트 부인을 가만 두지 않았다. "내 차가 어떻게 된거지? 집 열쇠는 또 어디 갔담?" 나는 자동차는 잘 있다고 설명한다. 집도 아무 문제 없으니 걱정할 필요 없다고 덧붙인다. 그녀는 어느 정도 안정된 듯 마음을 다잡고는 말한다. "아마 어머니는 벌써 돌아 가셨을 거예요, 우리 아들처럼."

슈피글러트 부인이 운다. 그녀의 아들은 10년 전에 죽었다. 실제로 그는 한 번 죽었을 뿐이지만, 슈피글러트 부인에게는 수천 번 죽었다. 그리고 매일 새롭게 죽는다. 다시 잊히기 위해서, 다시 기억되고 다시 죽기 위해서.

"나는 인생에서 그렇게 많은 풍파를 겪었다우." 슈피글러트 부인이 이어 말한다. "어머니가 죽었지, 내 아이가 죽었지, 그리고 이혼했지." 동정심과 그녀를 안정시켜야 한다는 마음 사이에서 그녀의 손을 잡는다. 그녀의 이 고통을 해소시켜줄 수만 있다면⋯⋯.

이 터널, 이 반미치광이의 상태는 이렇게 끔찍하다. 얼마 후 슈피글러트 부인은 사무실을 나갔다.

그녀가 나간 것과 동시에 현관 초인종이 다시 울렸다. 옛날 우리 요양원에 있었던 분의 딸이 갑작스럽게 찾아온 것이다. 우리 어머니의 생일을 축하하기 위해 들렀단다. 그녀는 작은 기적을 하나 몰고 왔다. 바로 건강이었다. 그녀는 1년째 아주 악성인 암과 투병 중이었다. 그녀는 병을 받아들였다. 그러자 암이 물러갔다. "병에 대항해 싸우는 것은," 그녀가 말한다. "잘못된 거예요. 병을 받아들이고, 병과 함께 살아야 해요." 그녀가 앓던 암은 우리 요양원의 카타리나가 앓던 것과 같았다. 그러나 혼신의 힘을 다해 투병하던 카타리나는 끝내 암에 굴복하고 말았다. 그 암은 핑크 씨에게 임사 체험을 선물한 바로 그 암이기도 했다. 인생이란 이토록 아슬아슬하게 좁은 지붕 꼭대기 위를 걷는 것과 같다. 이 요양원 환자의 딸이 힘겨운 투병 생활을 하고 있을 때 전화로 몇 번 이야기를 나누었다. 그녀는 자신이 받는 힘겨운 치료에 대해 이야기해 주었다. 처음에는 화학요법을, 그 다음으로는 가능한 한 최대량의 방사선 치료를 받았다. 그녀와의 통화를 끝내고 나면 우리가 과연 다음에 다시 이야기를 나눌 수 있을지, 그녀가 앞으로 몇 주라도 더 살 수 있을지, 누구도 알 수 없었다. 그런데 그녀의 침착한 태도와 용기가 기적을 불러온 것이다.

집으로 돌아오는 길에 다시 구르지에프를 듣는다. 어떤 초월적인 것을 느끼게 하는 선율이 마치 "다른 쪽"에서 들려오는 듯하다. 삶이 내 속에서 다시 꿈틀거리는 것을 느낀다. 약간의 빛도 마찬가지로 내 가슴속에 스며들고. 이렇게 아름다운 음악이 있다니……. 그래서 가끔 생각하게 된다. 오직 신만이 이런 음악을 만들 수 있을 거라고.

설교자

내가 반드시 참석해야 하는 "요양 관계자 모임"이라고 했다. 우리 요양원에 꽤 오래 입원해 있는 치매 환자의 딸 쾰리 부인은 나더러 뮌헨에서 열리는 이 모임에 꼭 참석하라고 권했다. "그러니까 거기 가시면 요양 부문에서 **모든 것**이 다 나쁜 건 아니라고 직접 말씀하실 수 있다니까요, 스쿠반 씨!"

그러나 내 마음은 전국적으로 유명한 "요양 전문가"에 의해 정기적으로 개최되는 이 대회에 대한 거부감으로 가득했다. 그 자리에는 저명 인사들이 꼬박꼬박 얼굴을 내밀었다. 정치인들, 의료보험조합 간부들, TV 토크쇼 등에서 자주 보는 인사들 등등.

이 "슈탐티쉬 Stammtisch"22는 이들에게 정말 중요하다. 게다가 이번에는 TV 설교로 유명한 목사까지 참석한다. 나는 켈리 부인 등의 집요한 권유 때문에 할 수 없이 참석하기로 했다. 우리 요양원의 간호사 몇 명과 간병인 몇 명이 동행했다.

뮌헨의 한 작은 홀은 광란의 도가니였다. 보통의 슈탐티쉬처럼 맥주와 브레첼[23]이 준비되어 있었다. 이윽고 그 요양 전문가가 연단에 오르더니 양팔을 들고 격한 용어로 "수치스러운 요양 부문"에 대해 말하기 시작했다. 그 극적인 제스처는 마치 종말론을 연상시켰다.

"나는 상상해봅니다." 그는 말을 시작하며 목사들이 주일 설교 때 하는 것처럼 양팔을 넓게 벌렸다. "침대에 누워 주님을 바라보는 장면을 말입니다." 그는 십자가에 못 박힌 상황을 암시하며, 모든 요양 환자의 침대를 십자가에 비유했다. 그러더니 이렇게 내뱉었다. "그러고는 24시간을 꼼짝달싹 못하는 것입니다!"[24] 박수가 터져 나오고 찬동하는 귓속말들이 오갔다. 어떤 사람들은 맥주잔으로 탁자를 두들겨댔다. 전문가는 결정적인 한 방을 날렸다. "독일의 요양원들은 마치 이라크의 고문실과 같습니다!" 그 말이 청중들의 마음에 들었나 보다. 이런, 세상에! 결국은 이런 이야기까지 나오게 되다니! 최근 세계는 아부 그라이브[25]에서의 고문 행위를 둘러싼 추문들에 대해 논쟁하고 있는데 말이다. 나는 이 분노의 쇼 한가운데에 앉아 있었다. 사람들이 지금껏 들어보지 못한 추문들에 흥분하며 즐거워하는 와중에, 내 옆에는 뮌헨의 치매협회에서 일한다는 여성이 앉아 있었다. 그녀는 나와 마찬가지로 충격을 받은 듯했다. 우리는 도대체 왜 여기에 쓸려 들어왔던 것일까? 청중 속에서 두 명의 젊은 여인이 불려 나와 그녀들이 일하는 요양원에 대해 공개적으로 성토하자 많은 박수를 받았다. 어떤 이야기들을 했는지에 대해서는 더 이상 언급할 필요도 없을 것이다.

뒤이어 요양 전문가는 한 자살 사건을 언급했다. 어디선가 간병인[26]이 자살했다는 것이다. 그리고 곧장 누가 그 죽음에 책임이 있는지 밝혔다. 그 간병인이 자살할 수밖에 없었던 것은 그가 일하던 요양원의 노동조건이 너무 열악했기 때문이란다. 그때 떠오른 생각은 우리나라에서는 45분마다 한 명씩 스스로 목숨을 끊는다는 사실이었다. 한 해에 만 명이 만 가지 이유로 목숨을 끊는다. 전문가의 말이 이 자리에 어울리는 말인가의 여부를 떠나, 자살 이야기는 사람들이 공개적인 자리에서는 말하기를 삼가는 주제다.

요양 전문가는 문제를 쉽게 도식화했다. 열악한 요양원에서의 노인 자살률이 더 높다는 것이다. 하지만 아무리 이 전문가라 해도 청소년 자살률—20세까지의 사망률 중 사고사 다음으로 높은 사망 원인—까지 요양원의 책임으로 돌리지는 못할 것이다.

요양원들이 열악해서는 안 된다는 것은 의심할 여지가 없는 말이다. 그것이 정치적으로도 옳고, 통상의 여론이 추구하는 바이기도 할 것이다. 그렇기 때문에 요양원이 제대로 돌아가는지 샅샅이 들여다보고, 투명하게 운영되고 늘 긴장하도록 전면적으로 감시하고 통제해야 한다. 요양원들은 모두 아부 그라이브 수용소 같기 때문이다. 이쯤되면 **도대체** 사람들이 우리를, 아니 다른 누군가를 신뢰한다는 것이 기적 같은 일 아닌가 하는 생각이 든다.

그리고 드디어 그날의 슈퍼스타, 현란한 수사로 사람들을 열광시킨다는 ─TV에서 설교하는─ 목사가 등단했다. 그는 복수심에 불타는 사람들의 심정을 자신의 목적에 맞게 적절히 활용할 줄 알았다. 박수갈채가 터질 때마다 목사는 감사 인사를 잊지 않았다. 역시 전문가였다. 알 듯 말 듯한 개념과 메시지 들이 여러 가지 감정에 섞여 분출될 때, 사람들은 격앙되고 흥분하고 즐거워했다. 존엄, 똥, 고문, 예수님, 브레첼, 맥주……. 가히 요양 아마겟돈[27]이 아닐 수 없다. 이어지는 박수, 박수, 박수갈채. 사람들은 또 얼마나 이렇게 자신들의 분노를 즐기고 있는 것인지…….

이쯤에서 일어나 말해야 하는 것일까? **모든** 요양원이 그렇게 나쁜 것은 아니라고, 좋은 돌봄이 제공될 수도 있다고. 그리고 이것은 그 의미 없는, 시간이나 잡아먹는, 일하는 사람들의 기운이나 빼놓는 규제의 홍수 **때문에** 할 수 없는 것이 아니라, 그 규제의 홍수에도 **불구하고** 할 수 있는 것이라고! 왜 여기 있는 사람들 중 그 누구도 근무 환경과 조건이 열악하다는 것에 대해서는 말하지 않는 것일까? 너무 적은 돈, 너무 적은 인원, 너무 심한 관료주의, 그리고 현실과 동떨어진 너무 많은 요구. 만날 하는 이런 소리를 왜 여기서는 아무도 말하지 않는 거지? 그래, 물론 나쁜 요양원도 분명 있을 것이다. 나쁜 병원과 의사와 변호사와 정비공이 있는 것처럼. 그러나 모든 악조건하에서도, 어려운 처지에서 돌봄을 필요로 하는 사람들과 마지막까지 동행하며 최선을 다하는 요양원도 있는 것이다. 나는 인기에 목을 맨 떠벌이가 만들어내는 편견과 암울한 전망 들이 국밥처럼 마구 뒤섞여 있는 분위기에 매우 상처받고 분노했으며 어찌할 바를 몰랐다. 저 떠벌이의 대중적 인기도 실은 사람들의 상처를 계속 들쑤시고 분노를 들끓게 해야만 유지될 텐데, 사람들의 상처를 계속 벌려놓으면 도대체 상처는 어떻게 치료할 수 있단 말인가?

지금 이 열받는 분위기에서 내가 긍정적인 무엇을 이야기해야 할까? 전혀 아니올시다! 내가 그렇게 한다면 사람들은 아마 야유를 퍼붓고, 분노와 브레첼을 집어던지며 나를 쫓아낼 것이다. 나는 주류에 대항해 발언하는 사람일 뿐 아니라, 노인들을 학대하는 저 나쁜 놈들 중 하나가 될 것이다. 내가 바로 아부 그라이브가 되는 것이다. 나는 아무 말도 하지 않았다. 당연히 우리 일행 중 아무도 나서지 않았다. 켈리 부인은 물론이고 다른 직원들도 마찬가지였다. 그리고 사실, 무엇 때문에 나서야 하는가? 누구를 위해서? 그 이야기를 누가 듣는다고? 어쨌든 나쁜 이야기가 훨씬 매력적이지 않은

가. 사람들은 끔찍함을 즐긴다. 그것은 파렴치한 짓이다. 나는 피곤해졌다. 그리고 슬퍼졌다. 그저 집으로 돌아가고 싶을 뿐이었다. 이제 자러 가야 할 시간이다. 내일 아침 일찍, 여느 날처럼 다시 이라크로 가야 하니 말이다.

종말 처리장

오늘은 왠지 좋지 않은 날이 될 것 같은 예감이 든다. 오늘 새로운 요양원 식구가 들어오기로 했다. 그러나 이곳에서 그의 손님 노릇이 단 몇 시간 내로 끝나리라는 것을 이때의 나는 몰랐다.

예정대로라면 미슈닉 씨는 벌써 몇 주 전에 요양원으로 들어왔어야 했다. 청력에 문제가 생겨 며칠 입원하는 바람에 늦어졌던 것인데, 듣기로는 청력 외에는 건강하고 활발하다고 했다. 그런데 그때 입원했던 병원에서 넘어져 골반뼈를 다치고 말았다. 병원에서는 공격적인 데다 한시도 가만 있지 않으면서 요구까지 많은 미슈닉 씨를 감당하기 힘들어했다. 그래서 미슈닉 씨를 정신 병동으로 보내버렸다. 거기서 나온 진단은 "알츠하이머"라는, 좋지 않은 진단이었다. 병원은 그에게 진정제를 투여했고 몸의 다섯 군데를 결박해 꼼짝 못하게 만들었다. 복부와 팔다리를 침대에 묶어놓은 것이다. 그건 병원이니까 할 수 있는 일이지, 요양원에서는 불가능하다. 특히 우리 요양원이라면 더더욱. 설사 법원에서 그것을 허용한다 하더라도 인도주의적인 견지에서는 차마 못할 일이다.

정신 병동에서 미슈닉 씨는 상처를 입었다. 팔꿈치 두 군데와 허리뼈 한 군데에 살이 찢어져 벌어졌고, 양발의 뒤꿈치에도 큰 구멍이 생겼다. 요양원에 도착했을 때 미슈닉 씨는 양팔까지 들것에 꽁꽁 묶인 채였다. 그는 깊은 마취에 빠진 듯 보였는데 잠을 자는 것처럼 눈도 뜨지 못했다.

미슈닉 씨를 처음 대면했을 때 우리는 모두 충격받았다. 온몸은 붕대투성이였고 여기저기 멍이 들어 있었다. 게다가 엄청나게 마른 상태였는데, 지금까지 요양원에 온 환자 중 미슈닉 씨만큼 삐쩍 마른 사람은 아무도 없었다. 갈비뼈가 드러나 보였고, 허벅지는 내 팔뚝보다 가늘었다. 병원에서 방금 나온 사람인데 말이다. 병원비는 우리 요양원보다 몇 배나 비싸다. 그러나 미슈닉 씨를 보면 그렇게 잘하는 것 같지는 않다. 우리는 지난 여러 해 동안 이런 사례를 무수히 많이 목격했다.

미슈닉 씨의 수양딸 뮐러 부인도 양아버지의 모습에 충격을 받았다. 그녀는 감당하기 힘든 나머지 울음을 터뜨렸다. 한 주 전까지만 해도 이보다는 훨씬 나은 모습이었다고 했다.

우리가 병원으로부터 통보받기로도 피부가 좀 예민한

것 외에는 비교적 활발한 사람이라고 했다. 그래서 약간의, 작은 "피부 손상"이 있을 거라고 했다. 그러나 실제로 미슈닉 씨의 피부는 정상처럼 보였다. 탈수 증세 때문에 피부가 건조해지고, 여기저기 멍든 것을 제외한다면 말이다. 그러나 벌어진 상처들은 피부가 좋으니 나쁘니 하는 일반적 문제와는 아무 상관없는 일이었다.

우리도 "양피지 피부"라는 것이 어떤 것인지 잘 안다. 마치 잘 익은 복숭아 껍질처럼 아주 예민한 피부를 가리키는 말이다. 그러나 미슈닉 씨의 피부는 아주 정상이었다. 그는 제대로 된 간호를 받지 못했을 뿐이었다. 무엇보다 충분히, 제대로 누워 있지 못했던 탓이 컸다. 그리고 **우리는** 미슈닉 씨의 황폐한 건강 상태에 대해서 명백히 잘못된 정보를 통보받았던 것이다.

그전에 우리에게는 서로 다른 두 가지 소식이 들어와 있었다. 뮐러 부인의 편지에는 양아버지가 점차 회복 단계에 들어 곧 걸을 수 있을 것이라고 쓰여 있었다. 그러나 병원의 갑작스러운 통보에 따르면 환자가 곧 죽을 정도로 상황이 아주 위독하다고 했다. 활발하고 유쾌하며 곧 산보를 나갈 거라는 이가 머지않아 죽을 것 같다는 이야기라니, 요양 보호와 관련해서는 정말 배울 것이 끝도 없다.

과거에는 병원에서 제공하는 정보가 꼭 들어맞지 않는다는 것이 별로 특별한 일도 아니었다. 우리는 병원에서 작성된 의사의 보고서를 미리 볼 수는 없다. 요양원에 오기를 원하는 이들을 과연 우리가 받을 수 있나 없나 판단하기 위해 병원을 방문하는 것도 불가능하다. 미슈닉 씨를 처음 본 순간 이것 하나는 분명했다. 그는 아주, 극도로 힘든 경우였던 것이다.

미슈닉 씨가 요양원에 이송된 지 한 시간쯤 지나 마취가 풀리자 엄청난 소란이 일어났다. 그를 제대로 눕히려는 모든 시도는 실패했다. 미슈닉 씨는 등을 대고 누워 쉼없이 마구 발버둥쳤다. 그 과정에서 생식기 부분에 난 상처 때문에 병원에서 달아준 소변줄이 뒤엉켰다. 발뒤꿈치에 붙인 반창고가 떨어졌고, 드러난 상처 부위를 침대 시트에 마구 부벼댔다. 우리는 그곳에 새로운 붕대를 붙였다.

그래도 미슈닉 씨는 아프지 않다고 했다. 상처 부위도 가렵지 않단다. 중증의 치매인데도 이렇게 말하는 것을 보면 얼마나 기력이 좋은 사람인가? 이런 사실을 누가 알까? 그는 점점 소란스럽게 굴었다. 우리는 차츰 왜 병원에서 미슈닉 씨를 그토록 심하게 마취시키고 그것도 모자라 침대에 묶어놓을 수밖에 없었는지 알게 되었다. 간단히 말해 다른 방식으로는 그를 ─말 그대로─"장악"할 수 없었던 것이다. 친절하게 대하고 옆에 있어 주는 것은 아무런 도움도 되지 않았다. 우선 미슈닉 씨를 조용히 만드는 것이 급선무였다. 그러나 병원에서라면 이런 조치를 취했을 때 간병과 관련된 도움을 받을 수는 없다. 그래서 우리 요양원으로 보내진 것일 텐데, 분명한 것은 계속 이런 상태라면 우리도 그를 돌볼 수 없다는 것이다.

미슈닉 씨는 죽기에는 너무 팔팔했다. 그렇다고 순전히 임시방편인 진정책만으로는 지속적으로 보호하기 어려웠다. 제대로 간병하려면 상처들을 치료하고 환자가 얌전히 누워 있어야 하는데, 미슈닉 씨는 너무 소란스럽고 반항적이었다. 그의 끔찍한 영양 상태도 개선시켜야 했지만 "정상적인"—그러니까 입을 통한—급식은 가능하지 않았다. 음식을 일절 거부했기 때문이다. 우리는 완전히 기진맥진해버렸다. 아무것도 되지 않았다.

우리는 이 사안을 매우 오랫동안 논의했다. 미슈닉 씨의 가정의도 함께였다. 논의 끝에 우리는—의사, 요양원 팀, 환자의 수양딸—미슈닉 씨를 다시 병원에 돌려보내기로 결정했다. 병원에서 그를 치료했던 담당 의사도 우리 결정에 동의를 표시했다. 그 의사는 수화기에 대고 "그래요, 아주 특별히 힘든 환자죠"라고 말했다. 그걸 진작에 알았더라면 우리도 이렇게 힘들지는 않았을텐데…….

뮐러 부인은 계속 울었다. 나는 실패자가 된 기분이었다. 그렇지만 우리가 할 수 있는 일에도 명백한 한계가 있다. 제한된 인원에, 게다가 재량의 범위도 극히 제한된 상황으로서 당연히 한계가 있다. 환자들이 의사가 24시간 대기하는 요양원에서 보호받는다는 것은 아직 꿈도 못꿀 일이다. 나도 요양원으로는 오지 못하겠다는 의사들과 여러 번 통화하면서 경험한 바지만, 의사들 입장에서는 계산이 안 맞는 것이다.

오늘자 유명 일간지에 이름이 널리 알려진 풍자극 배우의 기사가 사진과 함께 실려 있었다. 이제는 제법 나이가 들었건만 여전히 그 배우는 "노인 보호에 관련된 사항"에 대해서 목소리를 높이고 있었다. 그런데 그가 일하는 방식은 노인 보호에 별 도움이 되지 않는다. "요양원들은," 그의 말이다. "종말처리장입니다." 얼마나 가슴 아픈 말인지……. 그 말은 나와 우리 팀을 좌절시키고 격분하게 했다. 그 배우는 TV나 신문에 대고 그런 말을 하기 전에, 먼저 요양원에 한번 와서 현장을 직접 경험해봤어야 한다.

사방에서 우리를 마구 공격한다. 우리는 아주 열악한 조건하에서라도 도움이 필요한 사람들을 도우려고 노력할 뿐이다. 이건 정말 웃기는 일이다. 이런 식의 비난은 누구에게도 도움이 안 된다. 아니, 오히려 그 반대다. 이렇게 함으로써 이런 시대에 요양 분야에서 일해보겠다는 마지막 사람들마저 내쫓고 있으니 말이다.

유명한 사람들이 떠들어대고 호통치면 정치는 이 문제를 외면하기 힘들어진다. 그러면 의미 없는 명령은 더 많아지고, 예전보다 감시, 감독, 압박이 더 심하게 가해진다. 도움이 필요한 것은 **우리**도 마찬가지다. 만약 이 사회가 이런 사

실을 알아차리지 못한다면 곧 요양 비상사태[28]가 일어날지
도 모른다. 어쩌면 벌써 진행 중인지도 모를 일이다.

뮐러 부인은 영적으로 아주 깊이 있는 여인이다. 그녀가
내게 책을 한 권 선물했는데, 자신이 좋아하는 인도의 한 성
자에 관한 것이었다. 뮐러 부인이 요양원을 떠날 때 미소를
던지면서 이 모든 것은 신의 뜻이고 "아빠의 업"이라고 말했
을 때, 나는 그녀의 고통을 거의 온몸으로 느꼈다. 우리는 아
무것도 도와줄 수 없었다. 암흑의 시간에 모든 것이 고장 났
고, 불발이었다. 종말 처리장에선 이토록 참담할 수밖에 없는
것이다.

단 한마디로

TV 잡지 기자 두 명과 함께 어느 학생 주점에 앉았다. 우리는 같은 대학에서 정치학을 공부하는 사이였다. 사람들과 함께 있을 때면 대화 주제가 늘 요양에 관한 것으로 흘러가서 내게는 아픈 부분인, 요양원을 둘러싼 여러 안 좋은 이야기와 추문들에 대해 이야기하게 된다. 그들은 "이야깃거리가 필요하게 되면" 연락하는 "확실한 제보자"들이 있다고 스스럼없이 말했다. 이 기자들은 요양 문제를 자주 다루는 한 TV 잡지사[29]에서 일하는데, 이 문제를 취급하는 방식이 늘 비슷하다. '요양원은 인생의 막장이요, 그곳에 있는 노인네들은 대부분 형편없는 취급을 받는다.' '요양원은 가히 악의 화신이다.' 뭐, 이런 식이다.

그런데 나는 그런 곳 중 하나를 맡아 운영한다. 그러니까 그들의 눈에 나는 이미 의심스러워 보이는 것이다. '요양

원 원장이란 그래서 별로 제대로 된 직업이라고 할 수 없다.'
내게는 이렇게 들리는 것이다.

　언제가 돼야 이들 중 누군가가 이런 질문들을 하게 될
까? 나는 속으로 생각하고 있었다. 어떤 구조적·제도적 문
제들 때문에 요양원들이 지금 이런 상태로 내몰리고 있는지,
우리가 원하는 요양원의 모습을 갖추려면 어떻게 해야 할지
등에 대해 물어보기를.

　"랄프." 한 명이 물었다. "우리에게 한마디로 말해줄 수
있겠나? 요양 분야에선 도대체 문제가 뭐야?" 그것은 질문이
아니라 성명이었고, 내 속을 후벼 파고 들었다. 아니, 그것은
성명일 뿐 아니라 논고이기도 했다. 잡지사에서 일한다는 이
친구는 단 한 줄로, 단 한마디로 내 생각을 말해보란다. 자기
들이 기사 행간에서 이미 읊어댄 대로 왜 요양 분야는 모든
게 그렇게 열악하고 나쁜지, 나더러 말해보란다.

　그렇지만 — 나 자신에게 묻는다 — 아무것도 모르고 자
기가 원하는 것만 듣고 싶어 하는 이에게 뭘 어떻게 설명할
것인가? "이야깃거리"를 바라고 그걸 팔아먹고자, 아니, 팔아
먹어야 하는, 늘 시청률을 올려줄 다음 "스토리"를 찾아 기웃
거리는 이들에게 무엇을, 어떻게 설명해야 한단 말인가? 지
금 내가 일하며 살아가고 있는 이 특이하고 복잡하며 힘들기
그지없는 내부 세계의 일들을 어떻게 설명할까? 어디에서부
터 시작해야 하나? 아담과 이브 시대부터 시작할까? 그의 질

문, 그 어조, 그 수사적 특성, 그리고 야릇한 호기심에 가득 찬 눈길. 이 모든 것이 질문하는 자가 전혀 문제의 본질을 인식하지 못하고 있다는 것과 문제에 대한 선의, 진지한 자세, 그리고 열린 자세가 결여되어 있다는 것을 보여준다. 전체적으로 진지하지가 않다. 허나 이게 일반적인 태도다. 전반적으로 정론지라고 평가받는 유명 독일 언론사의 기자가 이런 조야한, 시중에 떠도는 풍문을 그대로 내뱉고 있는 것이다. "나쁜 뉴스만이 진짜 좋은 뉴스"다.[30] 새롭지도 않고 처음 듣는 이야기도 아니지만 어쨌든 이 이야기는 사실이고, 그래서 언제나 슬픈 이야기다. 상업주의의 입맛에 맞게 우리 정서에 뿌려지는 정신적 씨앗들인 셈이다. 이것들은 나날이 우리의 생각을 좀먹고 존재의 깊은 곳에 각인된다. 그리고 결국 검은 열매를 맺는다.

　　몇 년간 요양원의 실태에 대한 언론 보도들을 많이 읽어왔다. 그중에서 호의를 갖고 쓴 기사는 거의 없었다. 대부분 엉터리로 조사했거나 전문가 관점에서 봤을 때 설득력이 떨어지는 것 천지였다. 오로지 요양 보호를 형편없는 것으로 만들겠다는 일념 하나로 쓴 것 같다. "공포Horror"와 "요양원Heim"! 이 단어들은 같은 철자로 시작되기도 하지만 빈번히 기사 제목에서 같이 등장하기도 한다. 나는 스스로에게 자주 묻는다. 언론이 요양이라는 주제를 다루는 행태를 보면 번번이 고개를 갸웃거리게 되는데, 그렇다면 다른 주제들은 과연 어떻게 다루고 있을까? 언론 민주주의에 대한 나의 신뢰는 몇 년 전에 완전히 무너져버렸다.

언젠가 한번은 어느 대중 정당의 연방의원 한 명이 요양원으로 찾아왔다. 의원들은 이런 식의 만남을 연방의회와 민생 부문의 "현장 실습"이라고 부른다. 반나절을 함께하면서 여러 가지 현안에 대해 이야기를 나누었다. 그는 문제가 의외로 많다는 데 놀랐고, 상당히 힘겨워 보였다. 내 사무실에서 같이 스파게티 한 접시를 먹으면서 연방의원은 어딘가 낙담한 듯한 모습으로 말했다. "요양 분야에서 어떤 것들이 바뀌어야 하는지, 혹시 두세 문장 정도로 정리해주실 수 없겠습니까? 그러면 제가 다음 원내 대책회의에서 문제 제기를 해볼 수 있겠는데요."

언제나 똑같다. 연방의원은 두 문장 혹은 세 문장쯤 받아 적을 준비가 되어 있었다. TV 출연용 양식에 맞는 것 정도를 원했던 것이다. 나는 이 대목에서 그에게 실망했다. 우리가 얼마나 감당하기 힘든 상황에서 일하는지, 그런데도 격려보다 비난을 받는 일이 많아 얼마나 괴로운지, 그는 직접 보았다. 이런 장해와 비난 때문에 업무를 수행해내기가 고역이라는 것도 보았다. 요양의 세계에는 이 모든 것이 복잡하게 얽혀 있다.

우리는 우리가 만들어놓은 무수히 많은 규제 조항 속에서 정력을 낭비하고 있다. 마치 밧줄에 묶인 걸리버처럼 말이다. 우리 말을 귀기울여 들었던 연방의원은 참으로 선량한 사람이었다. 그러나 어쩌겠는가? 그가 아무리 선량한 의원이라 하더라도 규제 조항의 일점일획도 고칠 수 없는데 말이다.

서두의 그 잡지사 언론인이 요구했던 것처럼, 단 한 문장으로 요양 세계의 문제점을 이야기한다는 것은 아무래도 어렵겠다.

성역

또다시 요양원 원장 모임이 열렸
다. 우리를 관할하는 감독 기관에서 주최하는 정보 교환 연
례 모임에 이 지역 요양 시설 책임자들을 초대한 것이다. 물
론 좋은 뜻에서 기획된 모임이지만 언제나 그렇듯이 김빠지
는 자리였다. 주최 측은 새로운 지시들, 새로운 강제 조치들,
말도 안 되는 것들에 대한 설명을 장황하게 늘어놓았을 뿐이
다. 이런 지시와 조치 들은 그동안 수없이 늘어났는데 그때
마다 이를 설명해야 하는 감독 당국 관계자들은 늘 우리에게
미안해했다. 이것들이 사실상 이런 문제들에 책임이 없는 요
양 시설 담당자들을 "엿 먹이는 일"이란 것을 잘 알기 때문이
다. 특히 논란이 되는 것이 요양의 "성역"으로 일컬어지는 다
음의 것이다. 그 자체는 별로 성스럽지 않은, "전문 인력 비
율"이란 범속한 이름을 갖고 있지만 말이다. 20년째 시행 중

인 이 제도는 요양원 환자들에게나 요양원 측에나 아무런 도움이 되지 않으면서 세월만 잡아먹고 있다. 도움은커녕 반대로 진절머리가 날 지경이다. 그러나 정부는 무슨 진언이라도 되는 듯 이 조항을 고집하고 있다.

전문 인력 비율이란, 요양원에서 일하는 간호 인력 둘 중 하나는 반드시 노인 요양이나 보건 요양 분야의 전문 교육을 이수한 자로 채워야 한다는 규정이다. 별 생각 없이 들으면 그럴듯해 보인다. 그러나 실상은 여러 가지 이유에서 아주 비이성적인 조치다.

첫째 이유이자 가장 단순한 이유는, 우선 해당 노동시장에 이런 자격을 갖춘 인력이 절대적으로 부족하다는 것이다. 필요한 인원을 충당할 수가 없다. 요양 분야 자체가 별로 매력적이지 않은 상황에서 전문 인력이 부족한 현상은 당분간 나아지지 않을 것이다. 그렇기 때문에 많은 요양원이 이 요건을 충족시키고 싶어도 그럴 수가 없다. 정부가 아무리 제재를 가한다 해도 별 수 없다. 당국은 치매 환자에게 구구단을 외워보라고 하거나, 의식 불명 상태의 환자에게 일어나 물 위를 걸으라고 지시할 수는 있을 것이다. 그래도 안 되는 것은 안 된다. 간단한 이야기 아닌가?

당국은 요양원에 계속 "엿을 먹일 수"도 있고 압력을 가중시킬 수도 있다. 벌금을 매길 수도 있고, 더 나쁜 경우로는 새로운 환자를 받지 못하게 할 수도 있다. 그렇게 되면 요양원 측은 경비 절감을 위해 시설을 축소할 수밖에 없고, 이는 경영 악화로 이어진다. 그렇게 되면 직원을 충원하기란 더욱 불가능하다. 수입이 줄어드는 만큼 경비를 줄여야겠지만, 현실은 그렇게 하기가 쉽지 않다. 결국 이런 일들이 계속된다면 일하는 사람들의 사기는 바닥으로 추락할 수밖에 없다.

요양원 원장 모임에서 감독 관청 측은 요양원들의 인력 부족 문제를 중앙정부의 사회부에 보고했다고 말했다. 그러나 부처로부터는 아직 아무런 답도 오지 않았다고 한다. 정치인들은 이 달갑지 않은 문제의 심각성은 알지만, 감독 당국은 전문 인력 비율 규정을 집행해야만 하는 것이다. 예외 없이, 인정사정을 두지 않고, 문제를 깊이 들여다보거나 이성을 발휘할 필요도 없이 말이다. 그리고 이런 모든 일이 약자들―요양원, 요양원 환자들, 돌봄 인력―의 희생하에 일어나고 있다.

한번은 사회부에서 요양원 원장을 큰 대화 모임에 초청한 적이 있다. 많은 요양원에서 사회부에 "편지 보내기 공동 행동"을 벌인 결과였다. 대회장에는 팽팽한 긴장이 감돌았고, 모든 참석자가 격앙된 가운데 몇몇 원장들은 거의 낙담한 분위기였다. 그들은 자신이 처한 비참한 상황들―각종 규정과 지시의 홍수에다 자원은 부족하고, 특히 요양보험이나 사회복지 담당 관청들, 그리고 요양원 감독 기구들, 건강보험 심사평가원[31]과의 관계에서 느끼는 무력감과 시설 내부에서 느끼는 중압감 등—에 대한 한탄을 늘어놓았다. 한 원장은 고민을 쏟아내다 격앙돼 눈물을 비치기까지 했다.

그러나 사회부 사람들은 문제를 제대로 이해하지 못하는 것 같았다. 결국 그 모임은 의미 없는 것이 되었다. 공연히 에너지만 낭비한 셈이었다.

전문 인력 비율. 요양원 인력 두 명당 한 명은 반드시 남자든 여자든 노인 보호 요양사 자격이 있어야 한다. 아니면 간호사 자격이 있어야 한다. 그 외 모든 직업군에 속하는 이들은 단지 "보조 인력"군에 포함된다. 의사, 심리학자의 경우도 마찬가지다.

요양원에서 얼마나 오랫동안 일했는가 하는 것도 아무 소용없다. 몇 십 년을 요양원에서 일한 사람들조차 갓 요양사 교육 과정을 수료한 새파란 전문 인력 앞에서는 "조교"에 지나지 않는 것이다. 2등 요양 인력이라고 할까? 심지어 건강심사 평가원에서 나온 어떤 사람은 아예 전문 인력이 아닌 사람과는, 그러니까 보조 인력과는 말조차 나누려 하지 않았다. 이쯤 되면 전문 인력이 아닌 자는 요양계의 불가촉 천민이나 다름없는 셈이다.

요양원 내 조직 구성은 이 전문가 비율에 의해 지배된다. 교대 작업조 편성 시에도 반드시 이 비율을 지켜야 한다. 그것이 그때그때 근무 상황에 맞는지 아닌지 따위는 당국의 관심이 아니다.[32] 규정이 그렇게 되어 있으면 그렇게 해야 하는 것이다.

근무 시간표에는 모든 사람이 자기 이름에 전문 인력인지, 조교인지 꼬리표를 단다. "보조 인력"이라는 단어가 어딘지 자격이 부족하고, 하찮은 일을 하는 사람이라는 느낌을 주기 때문인지 이 단어 자체가 그리 품위 있어 보이지 않는다. 그래서 우리는 일상에서는 은연중에 이 말 쓰기를 기피하고, 그 대신 "요양 인력"이라는 다소 추상적인 말을 쓰게 되었다.

대부분의 요양원에서 이 전문 인력 비율은 아주 엄격하게 운용된다. 요양원 내의 일을 "전문가"들이 하는 일과 "조교"들이 하는 일로 나누는 것이다. 특히 힘들고 지저분한 일들은 자주 조교들의 일이 된다. 모든 곳이 그런 것은 아니지만 상당히 많은 곳에서 이런 일이 일어난다. 그러나 왜 요양원에 반드시 전문 인력 비율이 필요한가에 대해서는 단 하나의 의미 있는 연구도 이루어진 적이 없다. 왜 이토록 맹목적으로 전문 인력 비율을 밀어붙이는지에 대한, 모든 반론을 잠재울 수 있는 어떤 연구도 보지 못했다. 이 전문가 비율은 20년 전에 정부의 자의대로 확정됐다. 전문 인력 비율은 이제 정말 끝낼 때가 된 정책이다.

난 아직까지 우리 직원들 중에서, 학교에서 배운 형식적 교육을 현장에서 실제로 응용해 전문성을 높이는 경우를 보지 못했다. 다른 말로 하자면, 내가 경험했거나 또는 경험하고 있는 좋은 인력은 개인적인 노력과 업무 습득을 통해 일을 수월하게 해나간 것이지, 결코 어떤 교육을 이수했기 때문에 일을 잘하는 것은 아니란 말이다. 요양 업무의 전문적인 과제는 곧 이해하고 배울 수 있다. 그러나 가장 중요한 것은 이것이다. 우리와 함께하는 이들은 어떤 사람인가? 어떤 사회화 과정을 거쳤나? 매사에 친절하고 적극적인가? 인간적으로 성숙하고 신뢰할만 한가? 그리고—나는 이것을 "시선"이라고 표현하고 싶다—자신이 맞닥트린 상황에서 어떤 감정을 느끼는가?

요양에서 중요한 것 중 가장 최소한의 것이 형식적인 자격증이다. 이보다 훨씬 중요한 것은 요양에 종사하는 사람 그 자체와 그의 개인적 경험이다. 만약 내 말이 사실이 아니라면 현재 요양 보호가 필요한 사람들의 4분의 3이 집에서 가족에게 간병받는 현실, 즉 "조교"들에게 간병받는 현실을 어떻게 설명할 것인가?

여러 해를 두고 지켜보면서 자격증을 가진 사람들 중 상당히 많은 수가 부적격하다는 사실과, 최고로 적격한 사람들의 상당수가 보조 인력이라는 사실을 깨달았다. 적성이나 자질은 교육과 큰 상관이 없다. 그보다는 요양원 일상을 통해 겪는 실질적이고 구체적인 일들을 통해서, 그때그때 내려야 하는 결정들로, 내 팀을 믿을 수 있느냐 없느냐 하는 질문을 통해서 성장해가는 것이다.

이 전문 인력 비율이라는 성역을 지키기 위해 현장에서 얼마나 한심한 상황을 겪어야 하는지, 하나의 구체적이고 간단한 사례가 잘 대변해준다. 만약 우리 요양원에서 일하던 전문 인력 한 사람이 다른 직장을 찾아 나가면, 그 자리는 반드시 다른 전문 인력으로 채워야 한다. 그렇지 않으면 전문 인력 비율이 떨어지기 때문이다. 여러모로 아주 탁월하고 업무에 적합하며 경험도 풍부한 지원자가 있지만, 정식 교육을 이수하지 않았으므로 그를 뽑을 수 없다. 요양원 내 상황이 지금 얼마나 힘들고 어려운가 하는 것과는 관계없이 말이다. 만약 내가 보조 인력을 새로 한 명 뽑는다면 전문 인력 비율은 더 떨어진다. 이건 아주 간단한 산수 문제다. 그러니까 보조 인력을 뽑느니, 아예 아무도 뽑지 않는 편이 낫다. 이 전문 인력 비율의 황당한 논리대로라면, 아예 보조 인력을 한 명 내보내면 오히려 자격증 소지자와 보조 인력의 수치상 형평성이 다시 맞아떨어진다. 그러나 그렇게 하면 규정된 적정 직원 수, 이른바 "인원 조항"에 규정된 직원 수를 밑돌게 된다. 그렇다면 이제, 어떤 명령을 위반하는 편이 더 나을지 고민해야 한다. 어차피 모든 '병든 제도'의 명령[33]을 지킬 수도 없고, 명령의 개수도 너무 많아 뭐가 뭔지 다 알 수도 없으니 말이다.

요양원 원장으로서 나는 때때로 아주 의욕적이고 경험 많은 보조 인력 대신 부적합한 전문 인력을 채용해야 할 때가 있다. 형식적인 것, 형식적인 것, 형식적인 것. 요양에 관한 한 이것이 독일에서는 신이다. 그리고 이것이 담당 부처 공무원들의 잘 정돈된 세계다. 사회부에서 주최한 지난 번 모임 때 한 공무원이 좌중에 대고 물었다. "만약 모든 게 그리 힘들고 어려웠다면, 여러분은 도대체 요양원을 지금까지 어떻게 꾸려온 겁니까?" 나는 더 이상 참을 수가 없었다. "그렇습니다. 원래는 불가능합니다. 그저 고통을 참으며, 하루하루 싸우며 간신히 여기까지 기어왔을 뿐입니다. 완전히 멍청이들이지요." 박수가 터졌다. 그 공무원은 마치 물벼락을 뒤집어 쓴 푸들 같은 모습으로 우리들을 바라보았다.

요양의 세계를 어느 곳이라 할 것 없이 전문 인력과 보조 인력으로 분열시키는 이 "50퍼센트 눈금" 정책은 결국 치명적인 결과들을 가져왔다. 독수독과毒樹毒果라고나 할까? 형식적 자격증을 가진 인력이 한정된 상황에서 이들의 임금은 보조 인력에 비해 상당히 높아졌고, 이것은 역으로 보조 인력의 소득조건을 악화시켰다. 제도적으로 강요된 이런 숙명적인 임금 격차 벌리기는 지나친 수준이었다. 여기서 분명히 말할 수 있는 것은, 전체적으로 보자면 보조 인력뿐 아니라 전문 인력에게도 이것이 힘든 상황이었다는 것이다. 그건 어쨌든 공평하지 않은 시스템이었기 때문이다. 그리고 요양원의 분위기를 아주 좋지 않게 만들었다. 전문 인력이라고 해서 자기들보다 무엇 하나 나은 것이 없는데 더 많은 임금을 받는 상황을 과연 보조 인력은 어떻게 받아들였겠는가? 하느님께 수도 없이 기도했다. 원컨대 인간에 대한 성숙한 이해를 우리에게 내려주십사 하고…….

올해 열린 요양원 원장 모임에서 우리는 다시 이 "못생긴 멍청이", 즉 전문 인력 비율에 대해 이야기했다. 나는 더 이상 참지 못하고 자리에서 일어나 발언 신청을 했다. "이 전대미문의 말도 안되는 짓을," 내가 말했다. "우리는 지난 20년 동안 토론해왔다. 그 당시에도 우리는 이 비율이란 게 아무 의미 없고, 현장 상황을 바꾸지도 못하면서 해나 끼칠 거라는 걸 알고 있었다! 그러고는 20년을, 우리끼리 매일매일 이 문제로 싸우고 있는 것이다. 그런데도 아무것도 달라지지 않았다. 오히려 상황은 더욱 나빠지고 있다. 20년 전에 이미 나빴던 것이, 지금은 더 나빠졌을 뿐이다."

정책은 그러니까 꼼짝 않고 있는 것이다. 정책을 집행한다는 것이 고작 벌금이나 때리는 정도다. 그렇게 해서 몇 명의 공무원을 더 채용하고 벌금을 얼마나 국고에 집어넣는지는 모르겠지만, 이런 문제들을 두고 평정심을 유지하기란 정말 힘들다.

잘못된 체제에 내몰려 시달리는 동료 원장들은 서로 귓속말을 주고받으며 내 말에 찬동했다. 요양원 감독 기관 직원들도 내 말에 수긍한다는 듯 고개를 끄덕였다. 그들 중 한 젊은 여인이 말했다. "제가 보기에, 정부는 여러분들께 별 사랑을 못 받겠군요." 누가 그 말에 반박할 수 있겠는가?

그리고 얼마 후 그녀가―그녀는 그새 감독 기관을 떠났다. 그곳의 답답하고 편협한 사고방식을 감당하기 어렵다고 했다―내게 편지를 보냈다. 그때 그 자리에서, 모두들 속으로는 생각하면서 밖으로는 꺼내려 하지 않았던 문제를 이야기해줘 고맙다는 편지였다. 다들 뒤에서 팔짱 낀 채 비판만 하려고 하지, 나서려고 하지는 않는다. 어쩌겠는가? 막상 나서려고 하면 그때부터는 수많은 괴롭힘과 탄압을 두려워해야 할 텐데…….

요양 시스템은 아주 병든 시스템이다. 권위주의적이고 비민주적일 뿐 아니라 구식에다 심한 상호불신을 조장하며, 반자유주의적이고 투명하지도 않거니와 불공정해서 일할 의욕을 상실하게 만드는 시스템이다. 이것은 아주 인위적으로 설계된 구조로서, 요양 분야에서 단지 몇몇 사람만 살아남을 수 있는 그런 구조다.

나는 자주 스스로에게 묻는다. 이 시스템에도 과연 시스템이란 것이 있는가? 아니면 불행하게 설계된 데다 너무 복잡한, 그러면서 새로운 프로그램이 장착되기만을 기다리는 눈먼 로봇인가? 이게 만약 눈먼 로봇일 뿐이라면 때려 부수기만 하면 될 텐데…….

성역을 때려잡자!

착취

린드너 부인이 우리 요양원에 빈
자리가 하나 있는지 물어왔다. 그녀는 이제 더 이상 버틸 수
가 없었다. 오랫동안, 정말이지 오랫동안 치매에 걸린 아버
지를 집에서 모셔왔는데 이제 한계에 다다른 것이다. 아버지
때문에 부부 관계도 파탄 날 지경에 이르렀다.

어느 날 밤, 린드너 부인의 아버지가 갑자기 열다섯 살
짜리 손자의 방에 들어갔다. 그날은 손자가 처음으로 여자친
구를 데려와 같이 자는 것을 허락받은 날이었다. 발가벗은
할아버지는 손주와 여자친구가 누운 침대 앞에 서서 바닥에
오줌을 누었다. 아마 아이들은 첫 섹스를 다른 식으로 기대
했을 것이다. 그 후로 린드너 부인은 집에서 아버지를 돌보
는 것을 포기하고 요양원을 알아보기 시작한 것이다. 보호자
들은 매우 자주, 자신들이 감당할 수 있는 한계를 뛰어넘는

경우를 당한다.

브루크 씨의 경우는 또 다르다. 브루크 씨는 채 마흔이 되지 않은 건축가로, 어머니를 집에서 간병하기 위해 직업까지 포기한 사람이었다. 그리고 3년 후 그는 정신적으로나 육체적으로 완전히 망가졌다. 노동시장에서도 이제 갈 곳이 없었다. 브루크 씨는 낙담해 울면서 내 책상 옆에 앉았다. 그는 요양원에 어머니를 보내지 않으려고 할 수 있는 모든 것을 다했다. 그러나 이제 브루크 씨에게는 요양원이 필요했다.

부부 관계가 깨지고, 가족이 해체되고, 건강을 잃고, 경력은 단절되고, 삶의 기쁨도 잃어버린 채, 게다가 때로 가정폭력까지 감내해야 한다면……. 사람이 감당할 수 있는 정도에도 분명히 한계가 있다. 만약 누군가가 스스로 인내할 수 있는 한계를 넘어섰다면, 합리적으로 취할 수 있는 것의 영역을 훨씬 넘어섰다면, 그것은 이제 당사자를 무너트리고 주변 사람들마저 망가트리기 시작한다. 이런 이야기는 가정에서 치매 환자를 돌보는 경우, 결코 드문 일이 아니다. 치매 환자를 오랜 시간 집에서 돌본다는 것은 자기 자신을 착취하겠다는 다짐과 준비가 돼 있을 때만 가능하다.

이 나라에서 요양원에 대한 편견을 조장하고 악담을 퍼트리는 행위는 결국 어떤 식으로든 요양원에서 간병받기를 방해하기 위해 안간힘을 쓰는 시스템을 지원하는 셈이 된다. 실제로 나는 자주 이런 일을 경험한다. 우리 요양원에 자리를 알아보러 오는 환자의 가족들은 하나같이, 왜 환자를 집에서 돌보지 못하고 이렇게 오게 되었나를 설명하면서 자신들의 결정을 정당화한다. 마치 요양원에 자리를 알아보는 것에 대해 내게 사과라도 해야 하는 것처럼 말이다.

환자를 간병해야 하는 가족들이 얼마나 고통받는가에 대해 말한다면, 사실 그들은 환자 당사자보다 훨씬 힘들다. 요양 보호를 받아야 하는 치매 환자의 경우, 이미 사고기관이 어떻게 기능해야 하는지를 잊어버렸기 때문에 별반 고통을 느끼지 못한다. 그러나 가족들은 과중한 부담뿐 아니라 대부분의 경우 죄책감까지 느낀다. 더 이상 집에서 돌볼 수 없다는 것에, 모시는 데 "실패했다"는 것에, 가족을 요양원에 보내게 되었다는 것에 대해 심한 죄책감을 느끼는 것이다. 요양원에 보낸다는 것은 마지막에나 택할 수 있는 최후의 수단이라고 생각하기 때문이다.

나는 자주 죄책감이란 인간이 만들어낸 아주 끔찍한 "발명품" 중의 하나라고 생각한다. 책임과 부채가 이 세계를 굴러가게 한다. 가족 안에서나 경제에서나 마찬가지다. 이것은 인간들이 원래는 (더 이상) 하고 싶지 않거나 할 수 없는 일들을 지쳐 쓰러질 때까지 하게 만드는 사슬이요, 족쇄다.

친척이나 친구들, 이웃들로부터 쏟아지는 압력도 매우 크다. "점잖은 사람들"이 집에서 돌봄받고 싶어 하는 것은 자연스러운 일이다. 보통 가장 큰 압력은 직접 간병하지 않는 사람으로부터 나온다. 세상에는 꼭 그런 사람들이 있다. 누군가가 기진맥진해서 더 이상 간병을 할 수 없거나 간병을 포기할 때 대단히 흥분하는 사람들 말이다. 그런 사람들은 간병하는 이가 어떤 일들을 겪어야 했는지 전혀 모른다. 간병하는 이들은 자신의 한계를 넘어 스스로를 착취한다. 별다른 수가 없는 경우에는 쓰러질 때까지 말이다.

집에서 돌보는 것이 "도덕적 의무"가 되게 한 것은 국가 정책의 책임이다. "가택 내 간병 우선"이 바로 그 정책이다. 요양원을 기피하게 하는 이 정책은 사람을 완전히 망가트리는 힘이 있다. 사람들이 원하는 만큼 집에 머물러 돌봄받을 수 있도록 지원하는 것은 옳은 일이고 좋은 일이다. 이견이 있을 수 없다. 그러나 돌보는 이들이 **할 수 있는 만큼**만이다. 그 이상은 안 된다. 하지만 이 정책이 '요양원에 환자를 맡기는 것은 망신스러운 일'이라는 사회적 분위기하에서 보호자의 죄책감을 부추기고 보호자의 자기착취에 기반해 유지되는 것이라면, "가택 내 간병 우선"은 말만 그럴듯한 빛 좋은 개살구다. 정직하지 않은 정책이다. 이런 정책 때문에 수많은 사람이 건강까지 포기하고 있다. 당연히 개인적 행복 따위는 언감생심 바랄 수도 없는 상황이다. 그 정책에 너무 비싼 값을 지불하고 있는 것이다.

빈곤의 그림자

일단 한 차례 어려운 고비를 넘기고 드디어 환자를 요양원으로 옮겼다 하더라도, 가족들에게는 또 하나의 어려운 고비가 남아 있다. 감정적으로나 신체적으로 자신을 소진시키고 난 다음, 또 자신을 탕진해야 하는 일이 남은 것이다. 그것은 앞서 소개한 아우베르거 씨의 경우처럼 경제적인 문제다. 아우베르거 씨는 자기 부인의 간병비 때문에 부부가 평생 모은 돈뿐 아니라 삶에 대한 용기까지 잃었다.

사람들은 간병비를 마련하기 위해 집과 땅을 판다. 저축한 돈을 모두 털어 넣는 것은 물론 자녀에게 물려줄 몫까지 써버리는 경우가 많다. 평생을 절약하며 살았고 때로는 허리띠를 졸라매기까지 했건만 막판에 모든 것이 물에 쓸려가 버리는 것이다. 그러고는 결국 국가에 손을 벌리게 된다.

이것은 그 개인에게 있어서 **사회적 비상사태**다. 삶의 모든 위험 요소로부터 국민을 **지켜준다는** 나라에서 사는 것을 자랑스럽게 생각하던 이들에게, 제국 재상 비스마르크의 시대부터 어떤 일이 있어도 생활보호 지원을 받는 것은 가능한 한 피해온 사람들에게 말이다. 생활보호자로 낙인찍힌다는 것은 사회적 지위를 매장당하는 일이다. 그것은 확실히 면목을 세울 수 없는 일이다.

이 감당할 수 없는 불운한 상황을 해결하기 위해 언젠가 한 번은 요양보험이 개입할 것이다. 그러나 요양 급여를 받는다는 것은 정기적인 빈곤화가 진행됨을 말해주는 지표이기도 하다. 요양보험은 경제적인 문제를 해결하는 데 완전히 실패했다. 요양보험은 시행된 첫날부터, 줄일 수 있는 모든 부분에서 급여를 최소화하고 "때우기"에 급급했다. 그나마 이마저도 오랜 기간 동안 정치적으로 싸워 얻은 가련한 성과라고나 할까?

보험은 중요한 목적을 달성하기에는 보장해주는 범위가 너무 적어 곧 "부분 충당 보험"[34]이란 별명을 얻게 되었다. 부분 충당 보험! 오늘날 이 같은 경향은 초기보다 더욱 강해지고 있다. 요양원에서의 간병을 위해 현재 요양보험이 지급하는 급여는 1996년과 같다.[35] 한 번도 상승하는 비용을 보전해준 적이 없는 것이다. 그래서 지금 요양보험이 감당하는 몫은 실제 가치로 따졌을 때 이전의 거의 절반 수준이다. 비용의 절반 이상은 환자 또는 가족이 부담해야만 한다. 그러면서도 당사자들은 이 체제에서 아무런 발언권이 없다. 누가 돈을 내느냐가 발언권으로 이어지는 것이 우리 세상 전반에 유효한 법칙이지만 여기서는 통하지 않는다. 돈을 내는 것은 당사자이지만, 모든 발언권은 국가와 그 부속 기관이 갖는다. 거꾸로 된 세상이다.

당사자들의 경제적 출혈에 가느다란 명줄을 대고 있는 것이 요양원들이다. 요양원들은 평균적으로 환자 1인당 하루 100유로를 입원비 겸 생활비로 받는데, 이것은 요양원에서 정한 금액이 아니다. 근본적으로 힘 있는 자들, 그러니까 요양보험과 생활보호 당국의 독재라고 하지 않을 수 없다. 이 돈을 가지고는 뭘 어떻게 해볼 수가 없다. 식비로는 매일 대략 4유로 정도밖에 쓸 수 없다. 더 이상 지출하지 못하게 규정되어 있기 때문이다. 하루 네다섯 번의 식사와 음료를 4유로로 해결하라니……. 그건 부드럽게 말한다면, 약간 빠듯하다. 그리고 24시간 동안 환자를 돌보는 데 드는 100유로라는 돈, 그것은 배관공의 한 시간 반짜리 임금이요, 이탈리아인 세 명의 한 끼 식사 값쯤이다. 아니면 변호사가 20분 정도 상담해주고 받는 돈이나 팝 콘서트 티켓 한 장 값 정도? 혹은 요양원의 엘리베이터가 고장 났을 때 수리공을 부르면 지불해야 하는 돈의 5분의 1 정도?

그럼 병원의 하루 입원료, 의사 진료 없는 단순 입원료는 얼마나 될까? 의사 진료가 없는 입원 생활은 요양원 생활과 같다. 오히려 요양원은 병원이 제공하지 않는 사회적 돌봄과 기타 서비스를 제공한다. 어쨌든, 병원 입원료는 요양원보다 대략 열 배 정도 더 비쌀 것이다. 그렇다고 이런 사실에 흥분하는 사람은 아무도 없다. 조용히 플라스틱 카드를 내밀 뿐이지.

위에서 예로 든 다른 직종의 서비스 수가가 너무 높다고 주장할 생각은 추호도 없다. 만약 이 수가들이 올바르다면, **우리나라에서 요양 서비스에 대한 평가는 현실과 전혀 맞지 않는다고** 이야기하고 싶을 뿐이다. 만약 정치가들이나 요양보험, 생활보호 담당 부처―그러니까 국가와 그 산하 기구―가 여기에 대해 다른 주장을 한다면, 그건 그들이 현실을 잘 모르거나 알면서도 거짓말하는 것이 명백하다. 어느 쪽이 됐건 나쁘긴 마찬가지라고 얼마든지 말할 수 있다.

나는 우리 사회가 과연, 돌봄이라는 것이 어떤 가치를 지니는가에 대해 스스로 진지하게 물을 용기가 있는지 의문스럽다(마찬가지로 "돈이 안 되는" 다른 영역―예를 들면 동물 보호 등―에서도). 이 문제와 관련해 유감스럽지만 나는 비관적이며, 우리 사회가 제대로 된 방향으로 진로를 변경하기 전에 붕괴 쪽으로 나아가는 것은 아닐까 두렵다. 어떤 제도의 문제점들은 어쩔 수 없이 그 문제를 제공하고, 문제의 원천이 된 기관들에 의해 해결될 수밖에 없으니 말이다.

요양 분야는 수많은 이해관계망에 얽혀 있다. 매듭은 다른 매듭으로 풀리는 것이 아니라 외부로부터 제거되어야 한다. 그래서 나는, 이렇게 가다가는 결국 재앙을 맞게 될 것이라는 점을 사람들이 잘 알고 있음에도 불구하고 이 문제가 더 이상 굴러가지 못할 때까지 그대로 놔두지 않을까 하는 걱정을 하는 것이다.

재앙을 진단하자면 이렇다. 이런 일은 결국, 다른 분야들에서도 수많은 문젯거리를 만들어내는, 정치적·경제적인 동기를 가지고 부추기는 더 많은 소유에 대한 욕망, 탐욕의 문화가 만든 오늘날의 세계와 부합하는 모습이다. 우리는 이것을 바라보며 몇 번 고개를 갸웃거리다 이내 하던 짓을 계속한다. **돌아간다**든가 **치유**를 향한 길로 가지 않는다. 그렇게 하기에는 포기해야 할 것이 너무 많아 보이기 때문이다. 그 결과 우리 모두, 아니, 누구보다 우리의 후손들이 이에 상당한 대가를 치러야 할 것이다. 모두가 아는 사실이다. 그러나 나는 이런 판단을 그다지 비관적으로 여기지 않는다. 어디까지나 상황에 대한 묘사이기 때문이다. 우리 사람이란 게 원래 그렇지 않은가?

부조리한 나라에서의 돌봄

라이스너 씨는 다른 요양원에 있
다가 우리 요양원으로 이송돼왔다. 그곳은 돌봄의 질이 형편
없다고 그의 부인이 불만스러워했기 때문이다. 구체적으로
는 라이너스 씨의 우울증을 제대로 돌봐주지 않는 것 같았다
는 것이다. 그러나 그녀는 남편의 **신체적인** 건강 상태 역시
얼마나 나빴는지 그때까지는 정확히 모르고 있었다. 남편의
발뒤꿈치에 난 두 개의 주먹만 한 구멍을 아직 보지 못했던
것이다. 그 커다란 상처들에서는 썩는 냄새가 풍겼다. 상처를
붕대로 감쌀 때마다 라이스너 씨는 고통으로 몸을 떨었다.
이 일을 시작한 이래로 이렇게까지 망가진 발뒤꿈치는 본 적
이 없었다. 내가 처음 요양원에서 만난 케르테스 씨도 이토
록 심각하지는 않았다.

라이스너 씨의 상처는 우리 팀의 지속적인 보호와 치료

속에 3개월 뒤 거의 완전한 상태로 회복되었다. 라이스너 씨는 정상적으로 움직일 수 있게 되었고 눈에 띄게 쾌활해졌는데, 기분이 나아졌다는 것은 얼굴에 번지는 웃음만으로도 알 수 있었다. 이제 라이너스 씨는 농담도 곧잘 하는 아주 유쾌한 사람이 되었다. 그리고 치매의 터널을 깊숙이 통과해 그 끝을 비추는 빛에 도달한 상태였다.

어느 날 아침, 요양원의 돌봄의 질을 평가하는 건강심사 평가원 담당자들이 다시 문간에 나타났다. 여러 해 동안 이 나라에서 요양원을 하려면 다음과 같은 것들에 온 신경을 다 쏟아야 했다. 건강심사 평가원이 요구하는 것들, 요양과 관련해 점점 늘어나는 서면 계획과 자료 제출에 대한 요구들을 당신이라면 충족시킬 수 있겠는가? 요양원의 모든 진행 과정을 한눈에 알아볼 수 있도록 매일매일 문서로 작성하고, 모든 지출 명세를 하나의 서류로 만들어낼 수 있겠는가?

건강심사 평가원은 잘 감시되고 있는 요양 체제에서 무소불위의 "빅 브라더"가 되어 있다. 오늘날 사람들은 인터넷 덕에 가능해진 총체적 감시 체제에 대해 논의하고 있다. 이것이 점차적으로 갉아먹고 있는 자유와 민주주의에 대해서 말이다. 자유의 완전한 부재, 이것은 벌써 오래 전부터 요양 분야를 잠식해 오고 있다. 이런 상황은 이제 관례화되다시피 했다.

감독관들은 언제나 예고 없이 들이닥친다. 갑자기 나타나는 것이다. 우리 요양원 정도의 규모에는 보통 2~4명 사이의 인원이 랩탑 한 대씩을 옆구리에 끼고 나타난다. 그러고는 하루 종일 사람들을 잡아둔다. 온종일 요양원이 술렁거리고, 일상적 업무와 활동 들이 지장받는다. 예정됐던 행사나 약속 들은 취소된다. 감독관들이 우리에게 무조건적인 복종을 요구하기 때문이다. 그때 요양원 원장인 나와 동업자 클라우스가 만약 휴가라도 내서 자리를 비웠다면 즉시 휴가를 취소하고 요양원으로 돌아와야 한다. 대부분의 경우, 우리는 요양원을 떠나 있다 하더라도 자동차로 최대 두 시간 거리 이상은 벗어나지 못한다. 무슨 일이 생기면 바로 돌아와야 하기 때문이다. 그래서 그 이상 멀리 나와 있어야 할 때는 늘 불안하다. 우리는 불신의 눈초리를 번득이는 국가 기구와 요양보험을 위해 항상 대기 상태로 있어야 하는 것이다. 벌써 여러 해 이런 일들이 반복되고 있다. 평생 이렇게 살 수는 없다. 나는 이 "체제"가 이토록 의심이 많은 체제인지, **도대체** 우리를 사람으로 본다면 이렇게까지 할 수 있는지 스스로 물어볼 때가 많다. 사람들은 요양을 조직하고 수행하는 우리를 잠재적인 악당이나 위험 분자처럼 취급하며, 자신들은 마치 **고문 방지 국가기구** 같은 데서 위임을 받고 나와 모든 요양원을 검사하는 듯이 행동한다. 또 하나의 감시 기구인 것이다.

언제라도 건강심사 평가원이 문간에 나타날 수 있다. 감독관들은 대략 500여 개의 문항에 오로지 "예", "아니오", "해당 사항 없음"으로만 답하라고 한다. 내용을 가지고 이야기할 소지는 어디에도 없다. 우리 상태가 어떤지, 요양원 운영에 어떤 문제가 있는지 등은 그들의 관심사가 아니다. "예", "아니오", "해당 사항 없음." 덧붙이고 자시고 할 것이 없다. 마지막으로, 정해진 양식에 맞춰 전자 시스템으로 작성된 보고서와 그에 따른 평가가 나온다. 그 결과는 인터넷으로 볼 수 있다. 뮌헨에서 남극해까지, 그린란드에서 남아프리카까지, 사람들은 어디서든 어떤 요양원이 어떤 점수를 받았는지 인터넷으로 확인할 수 있다. 500번의 "예" 또는 "아니오", "해당 사항 없음"이 수학적으로 정리·분석된 결과를 말이다.

사람들은 우리가 라이스너 씨의 고약한 상처를 성공적으로 치료했으니 아마 감독관들이 상처 치료 항목에서는 매우 만족했으리라 생각할 것이다. 허나 그렇지 않았다. 상처가 나게 한 그 요양원이, 라이스너 씨의 상처를 훌륭하게 치료한 우리보다 상처 치료 항목에서 더 높은 점수를 받았다. 이것은 감독관들이 인간 그 자체에 대해서는—환자의 상처라든가 어떤 상태에 놓였는지 따위에—전혀 관심이 없고, 요양원이 환자들과의 일상을 **어떻게 기록했는가**에만 관심이 있기 때문이다.

기획, 문서 작업, 증빙 자료. 이런 것들이 오늘날 돌봄의 질을 평가하는 이들의 숭배 대상이다. 종이 쪼가리가 진실을 대체하고 있다. 이런 상황에서 서류상 기록된 것만을 이행한 것으로 인정하는 허구적 진실이 생겨나는 것이다. 서류로 존재하는 것 이외의 모든 것, 예를 들면 라이스너 씨의 치유된 상처처럼 바로 눈앞에 놓인 사실마저 아무 의미가 없는 것이다. 이 체제는 이렇게 굴러간다. 라이스너 씨를 우리에게 보낸 요양원은 상처 치료를 집중적으로 서면 자료화했거나,[36] 아니면 건강심사 평가원 꼼꼼쟁이들의 구미에 맞게 문서화 작업을 하든지 했을 것이다. 다음번 검사 때는 결과가 또 달라질 수도 있다. 깨끗하게 컴퓨터로 "두들긴" 멋진 서류들을 만들어내면 멋진 점수를 받을 수 있을 테지. 누가 라이스너 씨의 상처 따위에 관심을 가진다고? "열심히 쓰는 자(또는 두드리는 자), 그만이 살아남는다!" 이런 멍청하고 냉소적인 이야기가 돌고 있다. 어서 오시라, 사이버 공간의 요양 세계로!

"우린 그냥 볼펜으로 목욕을 시키지요." 우리 요양원에 구직 신청을 한 여성 노인 요양사의 말이다. "제가 우리 요양원 원장에게 그렇게 말했어요. 이 도를 넘는 기획 작업과 문서 작업, 증빙 자료 더미들로 그 힘든 요양원 일상을 해결할 수는 없어요. 이건 정말 아무 의미 없는 일들이고, 사람들이 우리에게 원하는 건 돌봄이라고요." 그녀의 한탄이 이어진다. "그런데도 상상할 수 없을 정도의 관료주의가 우리 목을 조르고 있답니다. 언제나 건강심사 평가원의 눈치를 보고 두려워할 수밖에 없어요. 그런데도 그쪽에서 요구하는 걸 도무지 해낼 수가 없다고요, 이 적은 인원으로는요."

"그건 당신들 문제요!" 그 요양원 원장은 이렇게 대답했다고 한다. 하긴 그 원장 역시 언제 들이닥칠지 모르는, 랩탑을 옆구리에 낀 빅 브라더들을 늘 의식하고 살았어야 했을 테니까…….

이런 종류의 이야기들을 나는 수도 없이 들었다. 그 "볼펜으로 목욕시키기"란 사실 아주 웃기는 상황을 지적한 것이다. 우리는 둘 중 하나를 선택할 수밖에 없다. 우리가 해야 할 일을 잘 기록해서 감독관들을 기쁘게 하고 좋은 점수를 받든가, 우리가 하는 일을 그냥 함으로써 필연적으로 덜 적어 바치거나. 일을 우선적으로 하다 보면 뭘 제대로 기록한다는 것은 현실적으로 쉽지 않기 때문이다. 그러나 이렇게 하면 아마도 좋지 않은 점수와 적은 보조금을 받을 것이다. 그리고 그 결과가 인터넷에 올라간다. 모든 사람이 볼 수 있는 것이다. 아마 그것은 나쁜 평판으로 이어질 수도 있겠지. 미친 짓거리로 인한 진퇴양난이다. 어떻게든 이 병든 놀이에서 퇴장당하지 말고 잘 해나가야 한다.

"병든"이라는 말을 언젠가 한번, 요양원 감독 당국의 한 여직원이 사용한 적이 있다. 그 당시 나는 그녀에게 어떤 정보를 요구했었다. 무엇과 관련된 것이었는지 지금은 정확히 기억나지 않으나, 아마 어떤 기한에 관한 것이 아니었나 싶다. 그때 그녀가 이런 대답을 주었다. "스쿠반 씨, 제가 알아봤는데요. 확실히 여기 병든 지시 사항이 있군요."

요양원을 감독하는 일도 쉽지는 않을 것이다. 특히 인간에 대한 건강한 상식과 이해를 지녔다면 더더욱. 아마 자유로운 영혼을 가진 사람이 그 일을 한다면, 그 일이 거의 살인적으로 느껴질 것 같다.

다시금 분노가 치밀어 오른다. 매우 익숙한 분노다. 사람들을 끝없는 서류 통치 아래로 몰아넣고 분열을 조장하는 관료주의에 대한 격렬한 분노, 사람들의 삶을 힘들게 만드는 관료주의, 요양 보호를 필요로 하는 사람들에게 도움이 되기는커녕 더한 어려움을 던져주는 관료주의에 대한 분노다. **그럼에도 불구하고** 일부 요양원에서 아직 노인들이 어느 정도 제대로 된 돌봄을 받고 있다는 것은 놀라운 일이 아닐 수 없다.

분노가 극심해지면 신체적 고통을 유발할 정도로 상태가 나빠진다. 분노는 우리를 소진시키고 망가트리는 파괴적인 에너지다. 나는 그것을 몸으로 확실히 느낀다. 분노가 심하면 흉골 뒤쪽에 통증이 느껴진다. 거기서 시작된 통증은 목까지 압박한다. 분노는 당국의 감시와 간섭 때문에만 생기지 않는다. 요양 분야를 마치 괴물처럼 묘사하는 사회적 분위기 때문에도 생긴다. 결코 끝나지 않을 것 같은, 언론이 내보내는 "공포의 요양원"에 대한 흥미 위주의 비리 보도들. 이것은 결국 더 많은 서류 통치와 문서 지배로 이어진다. 거기에 반해 우리가 가진 자원이라는 것은 그 어느 때보다 열악하다.

지시와 돈, 이것은 정부가 우리를 길들이는 두 가지 수

단이다. 요양 분야에선 돈을 덜 줄수록 더 많은 지시와 명령이 쏟아진다. 이 나라에서 구박덩어리로 취급받는 요양 분야는 지시와 명령 들에 뒤덮여 있다. 숨 막혀 죽을 지경으로 말이다. 수많은 규제 조항은 권위적인 지도부와 마찬가지로 사람들의 자유를 압살할 수 있다는 것을 이제 나는 안다. 규제와 명령은 돈이 전혀 들지 않는다는 결정적인 장점이 있다.

그에 반해 요양 분야에서 돈은 사람을 늘 움츠러들게 한다. 나는 요양원 원장으로서 노동법 전문 변호사의 자문을 구한 적이 있다. 그가 가장 먼저 꺼냈던 말은 돈이었다. "시간당 300유로를 주셔야 합니다." 대화의 말미에 그가 물었다. 요양원은 어떻게 잘 굴러가느냐고. 나는 대답했다. "선생님이 한 시간에 요구하는 금액으로 중환자 한 사람을 3일 밤낮 돌봐야 합니다. 용변 보는 걸 도와주는 것부터 죽음을 맞을 때 지켜보는 것까지 포함해서 말이지요."

얼마나 좋겠는가. 이 순간 떠올랐던 생각이다. 정부가 요양 분야의 보상에는 인색하지만 그와 같은 변호사들 — 연방의회 의원들 중 가장 많은 직업군 — 을 위해서는 그렇게 대범한 수가 정책을 허용한다니 말이다. 이렇게 해서 변호사와 연방의원 들은 최소한 자신들의 비용은 충당하는 것 아니겠나? 노동법 전문가가 물었다. "그럼 당신들은 수가를 왜 그렇게 조금 요구한 겁니까?" 나는 우리가 제공하는 서비스의 가격을 스스로 결정할 수 없다고 설명했다. 우리가 "시장"에 내

놓는 가격은 요양보험과 생활보호 담당 부처, 국가의 독재로 결정된다고 말이다. 변호사는 매우 유감스러워하며 뭐라고 해야 할지를 몰라 했다. 그의 눈길은 마치 이렇게 묻고 있는 듯했다. "그럼 왜 그렇게 힘든 일을 하고 계시는 건가요?"

그 질문은 사람들이 요양 분야에 대해 이야기하다 보면 묻고는 싶지만 입밖에는 내지 않는 말이다. 이에 대한 내 내면의 답변은 이것으로 갈음한다. "그러게요, 왜 이러고 있는 걸까요?"

요양 분야를 위한 돈은 조금 주면서, 바라는 것은 아주 많다. 더 많은 돈을 주는 대신에 더 많은 지시와 명령이 있다. "귀하는 이하의 것들을 유의하시고……." 감독관은 이런 주의 사항을 하달하면서, 우리가 돈이라든가 인력 등이 부족해 고생한다는 이야기를 하려 들면 귀머거리가 된다. 이건 아주 고약한 놀이다. 요양의 질을 평가할 때 국가는 자신의 대리인의 형상으로 내 앞에 앉아 있다. 대리인들은 우리에게 자원이 있어야 해결할 수 있는 일들을 요구한다. 그 자원이란 것이 대리인들이 속한 국가에서 거절하기 때문에 우리에겐 없는 것이거늘.

요양원과 이곳에서 일하는 직원들은 무력감을 느낀다. 우리는 언젠가 한번 경고를 받은 적이 있다. 요양원에 있는 한 환자가 배가 아프다고 해, 그 딸의 부탁으로 회향茴香차를 한 잔 준 적이 있다. 딸의 말로는 어머니가 배가 아프면 늘 회향차를 마셨다고 했다. 우리는 약국에서 가장 질이 좋은 회향차를 사서 끓여주고 남은 것은 그 환자의 방에 넣어줬다. 이것이 감독 당국의 경고를 부른 것이다. 만일 치료 목적으로 차를 제공하려면—경고장에 그렇게 쓰여 있었다—의사의 처방전을 첨부해야 한단다. 그러면서 충고하기를, 이런 문제를 피하고 싶으면 차를 환자의 방이 아니라 부엌에 보관하라는 거였다. 만약 이 차를 환자의 방에서 가지고 나오지만 않는다면 일반적인 "음용 차"일 뿐 "치료용 차"는 아니란 것이다. 관료주의 스스로가 자기들의 미친 짓을 피해갈 수 있는 방법을 가르쳐주는 것이다.

소용없는 줄 알면서도 나는 이런 미친 짓들에 요 몇 년 간 단호히 맞서왔다. "볼펜으로 목욕시키기." 이런 건 안 된다. 그렇다면 그냥 목욕을 시키고 볼펜 따위는 던져버리는 것이다. 이렇게 하려면 어느 정도의 배짱도 필요하다. 그러나 이런 행동은, 같이 일하는 직원들과 요양원 환자들을 모든 상상할 수 있는 것을 기획하고 문서화하고 증빙하기 바라는 국가와 그 수하 기관들로부터 지켜주기 위해서 필요하다. 이른바 "품질 관리"(쓸데없이 남용되는 이 용어는 또 얼마나 거슬리는지!)란 것은 실제로 요양원을, 모든 당사자를 절망의 구렁텅이로 몰아 넣는 "품질-**방해**-관리"로 몰아가고 있다. 나는 근무 시간의 80퍼센트가량을 서류 작업에 허비한다는 간호사들과도 이야기를 나눈 적이 있다.

요양 분야를 둘러싼 관료주의의 병폐가 얼마나 기괴한
지 더욱 깊이 들여다보면 더 많은 것을 이야기할 수 있을 것
이다. 요양원들이 감당하기 힘든 외부 간섭에 의해 이끌어가
도록 강요하고 모든 것을 소용돌이 속으로 몰아넣는 관료주
의! 돌봄이 필요한 사람들은 그저 최선의 것을 원하고 있을
뿐인데 말이다.

만약 입법자들이 "품질"과 "품위"라는 말을 법률 용어로
선택한다면 아무도 이를 공격할 수 없다. 도대체 누가 품질
이 안 좋은 것을 원하겠는가? 그건 오래된 중국의 격언을 떠
올리게 한다. "만약 네가 사랑이라든가 의무, 정의 또는 이와
비슷한 것들에 대해 가장 멋진 말을 듣고 싶다면 정치가들의
말을 열심히 들을지어다!"

나는 인간에 대한 건강한 이해란 이미 오래 전에 어디
헌 옷장에 처박아 두고 온 거짓투성이 세계에서, 버림받고,
감시당하고, 통제받으며 살아간다고 느낀다. 도대체 게르버
부인의 삶과 죽음이 이런 것들과 무슨 상관이 있단 말인가?
랩탑을 옆에 낀 감독관들—대부분 "일선의 업무"에 한계를
느껴 요양업계를 떠난 "전직"들—이 "예", "아니오", "해당 없
음"의 항목들을 두고 좀스러운 산수 놀이를 하는 것은, 안 그
래도 힘든 우리의 삶을 더욱 힘들게 한다. 이렇게 관료주의
는 광기가 되고 질병이 되고, 모든 이성적이고 생동하며 선
한 것들을 암처럼 좀먹어, 우리를 좌절하게 하고 마비시키는

체제를 만드는 데 일조한다. 그래서 작은 요양원 원장인 나는 이 미친 짓을 다음번 검사 때까지 매일, 아침부터 저녁까지 1년 365일 해야 한다. 요양원 사람들도 이 짓에 모두 동참해야 한다. 아주 작은 것 하나라도 기록에서 빠지면 안 된다. 이윽고 감독관들이 오면 오만 잡다한 것을 모두 검사하려고 할 것이다. 지출 명세를 들여다보고, 근무 일정표, 요양 계획서, 요양 교본들, 업무 일지, 요양 방문 일지, 상담 일지, 상담 기록, 입원 환자 신상표, 식음료 제공 일람표, 배변 기록, 소변 측정 기록, 요양원의 지향점과 업무 추진 계획 등 온갖 잡다한 것과 부수적인 것들을 살필 것이다. 더 심한 것은 입원 환자들이 가장 즐겨 쓰는 화장품은 무엇인가 하는 것까지 서면으로 기록했는지 들춘다(우리 요양원 사람들 대부분은 화장품이 뭔지도 모른다). 그럼 치약은 흰색을 쓰는지 파란색과 흰색이 줄무늬처럼 들어가 있는 것을 쓰는지도 적어놓을까? 정말 멍청한 짓이 아닐 수 없다.

커다란 책임을 져야 한다는 것과 그럼에도 불구하고 외부의 완전한 통제를 받아야 한다는 것, 무의미한 짓들과 그로 인한 좌절감, 무기력감과 분노, 말은 그럴듯하지만 실제로는 거짓투성이인 이런 상태는 사람을 아주 의기소침하게 만든다. 나는 더 이상 잃을 것도 없다. 뒤죽박죽된 상황은 내 삶의 열정을 갉아먹고, 즐거움을 앗아갔다. 이런 부조리한 나라에서는 제대로 살 수가 없다. 그래서 많은 사람이 이 나라를 떠난다. 요양 분야에 들어온 사람 대부분이 일을 몇 년 해보고는 견디지 못하고 떠나버리는 것이다.

머릿속으로는 벌써 수십 번, 저 밥맛없는 감독관들과 대화를 시도해보았다. 일상이 어떻게 흘러가는지 알지만 감독관들의 입맛에 맞추기 위해서는 다른 식으로 생각하고 설명해야 하는 사람들이라면 이런 정신적 충동에 빠져들 수 있을 것이다. 나의 "적"들은 감독관들이 요양원을 떠나고 난 후에도 여전히 남아 있다. 다시 분노를 느끼기 위해서는, 우리를 슬프게 하고 삶의 열망을 짓밟아버린 데 대한 분노를 일깨우기 위해서는 몇 가지만 떠올리면 된다. 하루 일을 시작하기도 전에 기분을 잡치게 하는 생각들을 출근길에 하지 않을 수만 있다면 태양이 저렇게 아름다울 수가 없을 텐데. 배가 아프고, 혈압이 올라가고, 맥박이 빨라지면서 근육이 경직되고, 몸에 진땀이 흐르면서 나는 분노의 에너지를 느낀다. 그럴 때 기분은 완전히 바닥으로 떨어진다. 이런 일련의 과정들을 다른 말로 한다면, 바로 스트레스다.

현대 문명이 가져다준 최악의 촉각인 스트레스. 나는 여기에 너무 자주, 너무 많이 노출되어 있다. (우리를 생리학적으로 살아남기 위한 극한 투쟁으로 내몰고) 과민한 반응을 보이게 하며 극도의 경계심을 유지하게 만드는—경고등은 늘 "ON" 상태로 켜놓아야 하는—스트레스는 저주다. 내 몸은 건강심사 평가원 감독관과 생명을 위협하는 실질적 위험 사이의 차이를 인식하지 못한다. 그래서 두 경우 앞에서 동일하게, 엄청난 스트레스 호르몬을 내뿜는 것이다. 원시인들에게 있어 동굴 앞을 막아 선 사자와 같은 존재가 우리들, "문명화된" 존재들에게는 현대적 삶이 주는 스트레스다. 걸음마를 시작할 때부터 시작되는 실적에 대한 압박, 익명으로 진행되는 기업이나 공장의 작업 과정들, 분노, 걱정, 소음, 속도, 건강평가 심사원. 사람들은 이 같은 스트레스로 고통스러워하고 병에 걸리기도 한다. 점점 더 많이. 모든 질병의 80퍼센트가 스트레스 때문이라는데, 이 비율은 지난 몇 년 동안 극적으로 증가했다.

요양의 질에 대한 심사는 특별히 심한 스트레스를 불러온다. 만약 이런 심사를 받으면서 마치 아무 일도 아닌 것처럼 느긋하게 행동한다면 그것도 웃기는 일일 것이다. 한번은 심사에서 우리 어머니가 지적받았던 적이 있다. 그때 어머니는 한 여성 환자에게 밥을 먹이기 위해 침상 옆에 서 있었는데, 그 모습이 어딘가 긴장한 것처럼 보인다며 여성 감독관에게 비판받았다. 그 감독관은 밥을 먹일 때는 아주 차분하고 여유로워야 하므로 환자 옆에 조용히 앉아 있어야 한다고 말했다. 만약 저녁 시간에, 근무 인원이 적게 배당되는 야간 근무조의 경우 세 명이 열다섯 명의 환자들에게 밥을 먹여야 한다는 점을 감안한다면, 이런 지적은 한가한 소리가 아닐 수 없다. 게다가 이 열다섯 명의 사람들은 보통 사람들과 다르지 않은가? 이들에게 밥 먹이는 일 하나도 전쟁이다. 지금 생각해보면 그때 어머니가 감독관을 어떤 눈길로 쳐다보셨을지 궁금하다. 분명히, 내 생각으로는 그렇다, 어머니의 눈길이 그다지 느긋하고 여유롭지는 않았을 것 같다. 스트레스가 엄청났었을 테니까.

나는 비슷한 처지의 사람을 많이 알게 되었다. 그들은 남의 손에 삶을 조종당한다는 것에 대해, 삶을 개척해가는 인간으로 취급받지 못한다는 것에 대해 무기력감을 느끼고 매우 분노하고 있었다. 이 직업군에 속한 100만 명가량의 사람이 의미도 느낄 수 없고 이해도 할 수 없는 작업 과정에 배치되어 있다고 느끼고 있는 것이다. 그들은 이름도 없고 느낌도 없는, 아주 잘게 부서진 시스템의 한 조각, 작은 부품이 되어버렸다. 그리고 이 시스템은 부속들의 행복 따위는 개의치 않는다. 존재 보존을 위해서는 어떤 것이든 감수하겠다는 무자비한 성향이 체제 자체에 내재하기 때문이다. 이런 무자비한 속성에는 구성원들을 내쫓고, 빈 자리를 아무 때나 새로운 부품으로 갈아 끼우는 일들이 포함된다. 이것은 수많은 사람이 파멸하는 경제 시스템 혹은 더 이상 평화를 확보할 수 없거나 그럴 의지조차 없어서 사람들을 전쟁터로 내모는 국가 체제와 똑같다. 한 대기업 사장이 수천 명의 종업원을 해고하는 통지서에 서명했다고 하자. 사장은 해고자들의 사정을 **인간적으로** 한 번쯤 고민해봤을까? 고민은 무슨. 그는 종업원들이 누구인지도 모른다.

현존의 시스템들은 우리를 익명의 부속품으로 만든다. 우리는 졸지에 살아 있는 생생한 존재에서 기껏해야 "성과" 를 만들어내야 하는, 생산 과정의 참가자 정도로 전락하는 것이다. 우리에게 봉사하는 체제를 만들어내는 대신, 우리가 체제에 봉사해야 하는 것이다. 거꾸로 된 세상이다.

만약 머릿속에서 어떤 영화를 다시 돌려본다면, 나는 옛날보다 그 영화를 훨씬 빨리 돌려볼 수 있을 것 같다. 우선 먼저 영사기를 끄고 필름을 갈아 끼울 것이다. 예전에 나는 영화에 완전히 빠져 있었다. 내가 영화 속 등장인물 중 하나로 움직이는 한 필름은 계속 돌아갔던 것이다. 그러다가 결국은 비참해졌다. 그러나 인간의 중요한 재산인 지혜의 도움으로 이제는 예전보다 조심스럽게 행동한다. 분노를 촉발시키는 영화가 다시 상영돼도 훨씬 조심스럽게, 완벽하지는 않지만 그래도 과거보다는 잘 대처할 수 있게 되었다. 이상하게도 내가 그런 영화에 대항해 싸우겠다고 마음먹을수록 그 영화는 내 머릿속에서 멈추지 않고 돌아간다. 생각이 결국 생각에 대항해 싸우는 것인데, 누가 누구를 대항해 싸우겠다는 것인가? 그 필름이 나를 더 이상 괴롭히지 못하게 되는 시점은 내가 출연자에서 관객으로 입장을 바꿨을 때다. 무엇이 나를 그토록 분노케 하는지, 내 감정의 어떤 부분을 건드리는지를 보게 됐을 때 말이다.

"안녕, 분노야." 내가 내게 말을 걸어본다. "너 또 왔구나. 괜찮아, 따져보면 넌 나니까. 내 속의 한 부분이고, 내 자체의 에너지니까. 그리고 이제 네 모습을 내게 보여줬으니까 이제 맘 편히 가렴. 너도 알다시피 머릿속에서 돌아가는 영화는 현실이 아니잖니? 내 가장 사랑스러운 원수와 나눴던 대화라는 것도 사실은 일어나지 않은 일이잖아. 내 정신이 만들어낸 이야기일 뿐이지. 자, 분노야, 이제 맘 편하게 가렴."

나는 언제나 이런 신중함을 연습해야 한다. 내 마음속의 적을 가만히 바라보면서 그것이 빠져나가도록 한다. 물론 나는 그가 다시 돌아오리라는 것을 안다. 그러면 다시 새롭게 연습하는 것이다. 그렇게 해서 나는 "내려놓는다"라는 것이 무엇인지 이해하게 된다. 분노는 나를 과거에 묶어두며, 그로써 지금 여기 있는 내가 비참하게 느껴지도록 한다.

그렇지만 만약 요양 분야에 어떤 식으로든 분노와 고통을 피해갈 수 있는 길이 있다면 이런 수련이 왜 필요하겠는가? 이것을 생각하면 기운이 빠진다. 우리의 힘든 과제들을 해결하기 위해 모든 힘을 모아야 할 텐데 말이다. 사실 우리는 별것 아닌 존재들이다. 관계 당국은 우리를 감시하고 빌을 주는 대신 도움을 주고 지원해야 한다.

언젠가 한번 건강심사 평가원에서 나온 여성 감독관에게, 객관적으로 봐도 해결할 수 없는 당국의 요구 사항을 되돌리기 위해 사정해본 적이 있다. "그게 어떻게 가능하다는

것인지 제게 구체적으로 설명해주실 수 있습니까?" 그녀가
짧게 대답했다. "그건 내 일이 아닙니다." 그러자 그것이 다시
찾아왔다. 분노가.

　　　　　　　　분노, 걱정, 그리고 나를 짓누르는
온갖 속박감이 너무 극심해서 잠을 잘 수도 없고, 아침에 일
어나면 잠들기 전보다 더 피곤한 날들을 겪으면서, 나 자신
이 참을 수 없을 만큼 불쌍하게 느껴지고 자살 충동을 억누
를 수 없을 정도가 되었을 때―죽고 싶다는 것은 정말이었
다. 때로 나는 생명의 빛이 꺼져버렸으면 하고 바랐다―나
는 모든 일정을 며칠 펑크 내고 독일 북부로 떠났다. 그곳에
는 나처럼 심신이 완전히 소진되어버린 사람들을 맞는 것이
직업인, 아주 편한 사이의 친구가 있었다. 많은 사람이 그곳
을 찾았다. 그다지 가벼운 프로그램은 아니었지만 충분한 휴
식과 오랜 산보를 즐기고, 자기성찰을 할 수 있었던 좋은 한
주였다.

　그곳에서 나는 매일 아침 한 시간 반 동안 소진 문제의

전문가 팔크와 함께 대화를 나누었다. 대화들은 매우 유익했다. 그러나 흥미롭게도 대화의 주제는 내 직업과 이를 둘러싼 온갖 복잡한 문제에 관한 것이 아니었다. 그것은 내 외부적 삶을 어떻게 바꿀 수 있다거나 바뀌야 한다는 것에 대한 이야기가 아니라 영적 차원에 관한 이야기들이었다. 그러나 그 문제에 관심 있는 사람은 팔크만이 아니었다. 나는 누군가, 그 역시 내적인 문제 또는 신비주의적인 문제에 천착해온 누군가와 내 생각을 나누고 이야기할 수 있다는 사실에 기뻤다.

"신비주의"[37]는 그리스어 "myein"에서 왔다. 이 단어 뒤에 대단한 비밀이 숨어 있지는 않다. 그냥 "눈을 감는다"란 뜻일 뿐이다. 신비주의자들은 정신의 네 번째 차원, 즉 영적인 차원의 진실을 찾기 위해 내면으로 눈을 돌린다. 명상을 위해 자리를 잡고 앉아 눈을 감고 호흡을 지켜보다 보면, 이내 나는 신비주의자가 된다. 또한 상이한 인류의 전통에서 출발한 영적인 책 속에 빠져들다 보면 다시 한 번 신비주의자가 된다. 노자, 부처, 파탄잘리,[38] 예수 역시 모두 신비주의자였다. 만약 이들이 서로를 만났다면 결코 싸우지 않았을 것이다. 외부 지향적인 종교들이 오늘날 자기들만의 "진리"를 주장하고 고집 피우며 다투는 것과 반대로 말이다. 아마 이들이 만난다면 다른 이가 발견한 진주의 가치를 알아봤다는 듯, 마주 보고 슬며시 미소 지었으리라. 이 위대한 영적

스승들은 사원, 관습, 예배 형식 같은 것들도 신경 쓰지 않았을 것이다. 신이란 멀리 있는 것도 아니요, 외형적인 존재도 아니다. 신은 지금, 바로 여기에 있다고 신비주의자들은 말한다. 고요하고 평온한, 내적인 맑은 빛을 보기 위해 우리는 외형적이고 요란하며 눈부신 빛을 멀리하고, 눈을 감고 내면의 소리에 귀를 기울여야 한다. 대낮에 별을 볼 수 없는 것처럼 네온사인이 번득이는 대도시의 밤하늘에서도 별을 찾기란 불가능하다.

처음 대화를 시작하며 팔크가 물었다. "당신은 여기에 도대체 왜 왔는가? 당신이 찾는 것은 무엇인가? 당신이 원하는 것은 원래 무엇인가?"

이런 질문들을 던지다니! 물론 좋은 질문들이란 뜻이다! 내가 원래 찾던 것이 뭐냐고? 나는 대답했다. "분명히는 모르겠지만…… 어떤 때는 정말 아무것도 하고 싶은 것이 없는 게 제일 좋겠다는 생각도 들고…… 이런 걸 어떻게 설명할 수 있을까? 내 생각으로는…… 내 생각에는…… 하느님을 찾고 있는 것 같아." 결국 쏟아내고 말았다. 드디어 내가 처음으로 이런 말을 내뱉은 것이다. 드디어. 팔크가 웃었다. 그 말이 마음에 들었나 보다. "그거 멋진데. 격하게 공감 가는 말이야." 이렇게 해서 나의 소진 세미나는 영적인 대화 세미나로 바뀌어버렸다.

이 기간 동안 정말이지 대단한 경험을 할 수 있었다. 이 경험은 두려움, 아울러 빛과도 관련이 있다. 어느 날 아침, 팔크가 이야기했다. "자네가 지금 머무는 이 조용한 공간에서, 지금 상태라면 자네의 두려움을 간단히 극복할 수도 있을 것 같네. 만일 두려움이 찾아오면 그걸 그대로 인정하고 받아들이게. 만약 자네가 그럴 수 있다면 아예 두려움을 초대해도 좋고." 그러더니 한마디 덧붙였다. "근본적으로 보자면 두려움 안에는 보물이 들었다네."

그리고 실제로 두려움이 찾아왔다. 엄청난 중압감과 함께. 아마 팔크가 두려움에게 알려줬기 때문에 찾아온 것일까? 나로서는 알 수 없다. 그렇지만 어느 날 밤, 두려움이 찾아왔다. 그날 나는 잠을 이루지 못하고 있었는데, 두려움이 와서 나를 덮쳤다. 이유를 알 수 없는 두려움이었다. 두려움은 얼굴이 없었고, 왜 나를 찾아왔는지 알 수 없었다. 두려움은 내 숨을 빼앗을 정도로 강했다. 그것이 내 가슴을 타고 짓누르는데, 마치 누가 내 위에 올라탄 듯 물리적 중량감이 느껴졌다. 호흡이 매우 가빠지고 심장은 돌덩이처럼 요동쳤다. 그 순간, 죽을 때의 느낌이 이렇겠구나 하는 것을 느꼈다. 나는 팔크가 했던 말을 떠올렸다. 내가 두려움을 초대한 것이다. 나는 두려움을 사람처럼 생각하고 속으로 말했다. "좋아, 친애하는 두려움 씨. 드디어 당신이 왔군. 여기 있어도 괜찮으니 편히 있게. 이리 오게! 이리 내 가까이로 오라니까. 당신을 안아보고 싶군." 그러자 두려움은 더욱 커졌다.

아무것도 아닌 그것, 형체도 없고 바닥도 없는 그것으로부터 나오는 에너지라니! 그 감당할 수 없는 에너지는 결국 넘어질 정도로 점점 솟구쳐 오르더니…… 결국 터져버렸다……. 두려움이 터져버린 것이다. 마치 머릿속에서 폭탄이 터진 것 같았다. 그리고 몇 초 동안 금金이 비 오듯 쏟아져 내렸다. 내 마음의 눈앞에서 순금이 비처럼 쏟아져 내린 것이다. 마치 멋진 불꽃놀이에서 금빛과 온갖 색깔의 것들이 쏟아지는 것처럼. 동시에 내 속으로 충만한 에너지의 물결이 파동을 일으키며 지나갔다. 위에서 밑으로, 그 반대로 다시. 마지막으로 정적이 찾아왔다. 두려움이 갑자기 사라진 것이다. 처음 왔을 때처럼, 갑자기. 나는 신체의 내부가 완전히 정화되고 모든 더러운 것이 빠져나갔음을 느꼈다. 그 상태를 정확히 묘사하기는 매우 어렵다. 두려움이 몰고온 엄청난 중압감이 갑자기 물러가며 빛의 폭발과 함께 소멸해, 순식간에 금빛 비와 내부 정화로 변환된 것이다. 나는 침대에서 몸을 일으켰고, 지금 경험한 모든 것이 너무도 어마어마해 밤을 꼬박 지새웠다. 그 에너지는 내 속에서 계속 작용했다. 나는 최상의 상태로 기분이 좋아졌고 모든 것이 만족스러웠다.

그날 밤, 나는 두려움이 에너지라는 것을 깨달았다. 두려움은 우리 내면에서 나오는 에너지이며 힘이었다. 그리고 내가 두려움을 초대했기 때문에, 여기서 나와 함께 있어도 좋다고 허락했기 때문에, 자신의 느낌을 표현해도 좋다고 했기 때문에, 스스로 해소되고 해방됐던 것이다. 마치 강을 오 랫동안 막았던 댐을 허물어 강물을 해방시킨 것처럼 말이다. 에너지는 빛이다. 두려움은 빛이다.

다음 날, 나는 두려움의 심연에서 내가 찾아낸 보물을 팔크에게 보고했다. 팔크는 웃었다. 그러고는 같이 산보를 했 다. 그에게 참으로 고마웠다.

죽음: 들숨과 날숨, 그사이

태어난다는 것은 원래 매우 잔인한 일이다. 아무리 아이를 간절히 바라던 부모의 따뜻한 마음과 열렬한 환영 속에 태어났다고 하더라도 말이다. 따뜻하고 안전한 엄마의 자궁에서 끌려 나와 분만실의 차가움 속으로 내던져지고, 탯줄이 잘린다. 분리되는 것이다. 그러고는 외부의 찬 공기를 들이마시고, 몸속에서 그 공기를 데운다. 우리의 삶은 이제 스스로 살아내야 하는 것이다. 혼자 숨 쉬어야 한다.

이 첫 번째 들숨을 쉰 뒤에는 모든 것이 자동으로 진행된다. 평균적으로 길어진 삶을 사는 동안 우리는 수억 번의 호흡을 한다. 외부세계가 지속적이고 반복적으로 우리 내부로 깊숙이 들어온다. 우리는 외부에 있는 것들을 받아들인다. 이미지들, 물질들, 공기 같은 것들. 우리는 반투명한 막膜이 되어 "외부"와 깊이 연계된 것들을 받아들이고, 또 내보낸다. 받아들이고 내보내는 것! 이것은 우리 삶에서 가장 근본적이고도 생명력 강한 "동작양태動作樣態"다. 종국에는 이것이 우리에게 남은 마지막 모든 것이 된다. 그리고 이것들 역시 언젠가는 사라진다.

옛 요가 수행자들은, 자연이 모든 피조물에게 평생 호흡할 수 있는 각자의 수를 정해주었다고 한다. 말하자면 저마다 "호흡 계좌"가 하나씩 있다는 것이다. 그러므로 권고하건대 자신에게 주어진 호흡을 매우 조심스럽게 다루라고 했다. 호흡할 때마다 의식하고, 가능하다면 천천히, 고르게, 제대로 숨 쉬라는 것이다. 호흡의 수, 호흡의 길이, 그리고 들숨과 날숨 사이의 시간, 그것이 우리의 살아 있는 시간이다.

이런 이야기들을 모두 받아들인다면 이제부터는 숨에 신경 써야 한다. 숨 쉬기의 질 말이다. 더불어 우리 삶을 유지시켜주는 폐에도 감사해야 한다. 의식하고 호흡하기는 아마 전 세계적으로 가장 보편화된 명상 형태일 것이다. 얼마나 많은 호흡이 주어졌든지 간에 이것 하나는 분명하다. 호흡할 때마다 마지막 호흡에 점점 더 가까워진다는 것.

호흡은 하나의 존재 양식이 다음 단계로 나아가는 징검다리다. 호흡은 내면을 향한 문인 동시에 세계를 향한 문이기도 하다. 이리저리, 영원한 징검다리이며 끝없는 헌신이다. 나뭇잎이 다른 생명을 위해 죽어가듯 들숨은 날숨을 위해 죽고, 날숨은 들숨을 위해 사라진다. 푸르던 잎은 시들고 바짝 말라 갈색이 된다. 시월이 되어 나뭇잎이 떨어진 덕분에 나무는 생을 유지하고, 봄이 되면 다시 푸른 잎을 피울 수 있는 것이다.

태어날 때 우리는 들숨과 함께 삶을 시작한다. 죽을 때는 정확히 그 반대다. 우리는 날숨과 함께 인생을 마감한다. 마지막 순간, 삶이란 무엇보다 숨 쉬기 위한 힘겨운 싸움이 된다. 호흡은 점점 느려질 것이다. 자주 놀라울 정도로 깊이, 몸속 깊숙한 곳으로 숨이 들어간다. 숨 쉬기에 안간힘을 쓰느라 상체는 들리고 척추는 구부러지며, 머리는 뒤로 제껴져 베개를 누른다. 마지막 순간이 오는 것이다. 죽어가는 이는 숨 쉬기 위해 싸우고 요양 인력들은 그의 기도를 막는 가래를 제거하기 위해 싸운다. 그 모습을 지켜보노라면 가래가 자기 나름의 복수를 하고 있다는 생각이 든다. 환자가 숨을 안 쉬면 다시 가래를 깊이 빨아낸다. 그것이 마지막 호흡이었을까? 누군가 손을 잡고 있다. 만약 누군가 그곳에 있다면. 만약 주위에 아무도 없다면 어떤 이들은 훨씬 쉽게 갈 수 있을 것이다. 그 자리를 지키는 사람은 때때로 죽어가는 이를, 떠나야 하고, 떠나고자 하는 이를 꼭 붙들고 있기도 한다. 마지막에는 모든 것을 놓아버려야 한다. 언젠가, 더 이상 들숨이 이어지지 않는 마지막 날숨이 온다.

"숨이 끊어지다"란 말이 있다. 말이란 것이 이렇게 현명할 수 있다니…….

　오랫동안 우리 요양원은 죽어가는 이들의 호흡을 편하게 해주는 데 성공해왔다. 마지막 숨을 내쉬고 편안히 갈 수 있도록 말이다. 이곳에서 질식해 죽은 사람은 없다. 그러나 어느 한 사람은 병원에서 질식사했다. 운명의 짖궂은 장난이라고나 할까?

　헤게만 씨는 좀 힘든 사람이었다. 그리고 치매 환자였다. 그는 손바닥으로 탁자를 자주 내리쳤는데, 어떤 때는 끊임없이 그 짓을 했다. 그것만으로도 시끄러운데 거기에 더해 소리까지 질러댔다. 헤게만 씨는 딸이 넷 있었지만 아무도 찾아오지 않았다. 오직 그의 부인만이 자주, 정기적으로 찾아왔다. 그녀는 늘 걱정이 태산이었고 지나칠 정도로 환자에게 매달렸다. 그녀는 남편을 아주 사랑하는 듯했다.

　헤게만 씨는 삼키는 것에 문제가 있었다. 우리가 제공하는 식사가 "틀린 목구멍"으로 잘못 들어갈 위험이 늘 있었다. 이 문제는 헤게만 씨를 병원으로 이송해야 할 만큼 심각해졌다. 한번은 우리가 먹인 식사가 폐로 들어가 폐렴으로 발전할 가능성이 있었기 때문이다. "딱딱한 음식은 절대로 주면 안 됩니다!" 우리는 의사들에게 분명히 말했다. 그는 죽조차 제대로 삼키지 못했다. 그리고 얼마 후, 헤게만 씨는 병원에서 닭고기 한 조각을 삼키다 질식사했다. 왜 하필이면 닭고기를 주었단 말인가? 운명은 헤게만 씨의 숨을 잔인하게 끊어놓았다.

헤게만 씨가 죽고 난 후에야 우리는 그의 딸들을 볼 수 있었다. 그리고 왜 그동안 딸들이 아버지를 찾아오지 않았는지 알게 되었다. 그녀들은 여러 해 동안 아버지에게 성적으로 학대당했던 것이다.

때때로 환자의 가족들은 자주 병문안을 오지 않는 까닭을 해명해야 한다고 느끼는 것 같다. 그건 사실 필요하지 않다. 모든 일에는 다 이유가 있는 법이다. 나는 남을 심판하는 일에 매우 유보적이다. 남의 눈에 보이는 티끌을 지적하기 전에 자기 눈의 들보를 빼는 것이 더 나을 것이다. 대부분의 판단이란 다만 편견에 지나지 않는다.

인간이란 무엇인가?
후기를 대신해

"당신은 바라보고 싶은 곳을 바라볼 수 있을 거요. 그러나 해답은 어디에서도 찾을 수 없을 겁니다!" 내가 매우 존경하는 철학과 교수님이 은퇴식 행사의 말미에 해주신 이 말씀은 감동적이었다. 그는 한평생을 연구와 강의로 보냈다. 그러나 그러한 삶의 끝에는 해답보다 더 많은 물음이 남겨진 것 같다. "그것은 지혜인가, 아니면 무엇인가?" 교수님이 수사학적인 질문을 하면 나는 그가 던져준 엄청난 이야깃거리들—자신의 전공을 떠나 독립적으로 깊이 헤아리고 내다본 후에 던져준 것들—에 대해 생각해본다. 그러나 그 지식이란 것은 우리의 생생하고도 매우 구체적인 일상에 어떤 대답을 주지는 못한다. 우리 자신이 매우 **주관적인** 삶을 살고, 경험하며, 느끼고, 때로는 그로부터 고통도 받기 때문이다. 우리가 보기에 충만한 삶을 사는 데는 철학이든가 논리가 별 도움이 되지 않는다.

철학은 "지혜/현명함에 대한 사랑" 같은 것이라 할 수 있겠다. 그러나 이른바 "선진국"이라는 나라들에서의 철학이란 더욱 깊은 지혜를 찾는 것이라기보다 죽은 개념과 사고의 유희로 가득한 콘크리트 사막처럼 보일 때가 많다.

"나중에 꼭 철학을 공부하거라." 대학입학 자격시험39이 끝난 후 윤리 선생님은 내게 이렇게 권했다. "그러나 부전공으로 하거라"라고 말하며 덧붙였다. "철학으로는 먹고 살 수가 없을 테니."

어쨌든 철학을 공부하게는 되었다. 대학에서 정치학을 전공했지만 철학은 정치학에서 빼놓을 수 없는, 매우 중요한 부분이었으니까. 사람들은 정치학에서의 철학 부분을 **정치이론**이라고 불렀다. 정치학의 주요 관심사는 사람들이 공동생활을 어떻게 구성할 수 있는가, 또는 구해야 하는가에 대한 연구라고 할 수 있다. 더 많은 평화라든가 자유 같은 것들은 정치학을 통해 세상에 소개된 것들은 아니다.

결국 이 정치학이란 것에 대한 놀라움, 그러니까 정치학이 인간의 본질적인 문제들, 무엇보다 가장 인간적인 문제들 앞에서 얼마나 총체적으로 무능한지에 대한 놀라움이 나를 영적인 철학에 관심을 갖게 이끌었다. 모든 물음 중에서 가장 중요한 물음은 결국 **"인간이란 무엇인가?"**다. 노쇠한 서구의 철학에서 해답을 찾고자 했을 때 내 머릿속에 있던 인간들은 나와 여러 해 동안 일한 사람들이라든가 요양원 환자들, 그러니까 이 책 서두에서 독자 여러분이 소개받은 사람들—진공청소기를 돌리다 갑자기 코마 상태에 빠진 게르버 부인, 벌 때문에 인생이 꼬였고 결국 남편까지 스스로 목숨을 끊게 된 아우베르거 부인 같은 이들—이었다. 그리고 통증을 느끼지 못하는 마이늘 부인, 아내를 알아보지 못한 회플러 씨, 그 외에도 우리 요양원에서 돌봤던 많은 사람, 주로 심한 치매 환자들을 떠올리며 인간이란 과연 무엇인지 생각하게 되었던 것이다.

인간이란 어떤 존재인가라는 물음에 답을 찾는 것은 무슨 의미가 있는가? 왜 인간이 **스스로에 대해** 예전에 생각한 것과 오늘날 생각하는 것이 나의 흥미를 끄는가? 그 이유는 아주 단순하다. 우리가 스스로 만들어내는 우리의 모습, 즉 인간상이 우리가 이 세계에서 행하는 일들의 배경을 이루고, 인간들 상호간 그리고 나머지 피조물들과의 관계를 결정하는 데 매우 중요한 역할을 하기 때문이다. 우리가 의식하든 의식하지 않든 개인적 또는 사회적 차원에서 우리의 행동 양식은 그 인간상에 기초한다. 그 사회란 것도 역시 그 인간상의 기초 위에 건설되었다. 인간상과 윤리는 서로 긴밀히 연관되어 있는 것이다.

그렇다면 지금까지 서양 철학이 인간에 대해 찾아낸 것은 무엇일까? 인간이란 존재는 어떤 것인가? 무엇이 사람을 사람답게 만드는가?

앞에서 이미 많은 말을 했다. 인간적이란 것이 무엇인지 묘사해보려던 나의 시도를 돌아볼 때, 결국 인간이 자신의 존재를 묘사하려는 시도는 실패한 것 같다. 그 대신 인간은 스스로 하나의 모습을 만들어낸다. 말하자면 자기묘사를 한 것인데, 이것은 인간이 세계를 자기 발 아래 복속시키는 근거가 되기도 한다. 인간은 자연적인 것, 살아 있는 것, 감각이 있는 것이라도 인간이 아닌 한 마음대로 처리할 수 있는 존재로 만들어버렸다.

사람들이 사람들에 대해 어떻게 생각하는지, 그리고 이 문제에서 얼마나 잘못하고 있는지를 알아보기 전에 게르버 부인의 경우를 다시 한 번 짚어보자.

ㅡ그녀는 자기 몸의 모든 실질적 부분에 대한 통제력을 상실했다. 숨 쉬는 것, 먹는 것, 배설하는 것. 이것 중에 스스로 할 수 있는 것은 아무것도 없다. 움직일 수 있는 것은 아무것도 없다. 눈을 깜빡이는 것조차 불가능했다.

ㅡ그녀는 살아 있다는 것을 의식했을까? "나는"이라는 의식이 있었을까? 아무도 모른다. 너무 많은 뇌세포가 파괴되어 어떤 것에도 반응할 수 없었다. 만약 생각들이 있었다 하더라도 그걸 짜서 맞출 수는 없었을 것이다.

ㅡ꿈을 꾸기도 했을까? 우리로서는 알 수 없다.

— 무엇인가를 인식한다는 것은 불가능했고 "보고, 듣고, 알아차린다"라는 감각은 상실했으며, 감각 능력은 극단적으로 축소됐다.

— 주변을 더 이상 인식하지 못했으며, "이해한다"라는 문장은 더 이상 그녀의 삶에 아무런 의미가 없었다.

— 기억이란 우리를 역사적 존재로 만들어주는 것이다. 그녀가 어떤 기억을 가지고 있었느냐에 대해서 우리는 아주 회의적이다. 그녀가 무엇인가를 기억한다 하더라도 우리로서는 거기에 접근할 방법이 없다.

— 그녀는 어떤 미래도 계획할 수 없었다. 자기 자신의 내부적 관점에서 보더라도 그녀에게는 역사 자체가 없었기 때문에 미래에 대한 어떤 생각도 할 수 없었을 것이다.

— 그녀는 더 이상 누구와 소통하거나, 자기 입장을 밝히거나, 어떤 것에 관심을 표명할 수 없었다. 철저히 자기 속에 갇혀 고립되어 있었으며, 타자와의 모든 관계 맺기가 끊어졌다.

— 그녀에게는 모든 행위가 봉쇄됐다. "나는 할 수 있다!"라는 말은 더 이상 그녀의 사전에 없었고, 자기 삶을 꾸려갈 수 있는 어떤 능력도 남아 있지 않았다.

— 게다가 믿음, 소망, 사랑, 이 세 가지도 잃어버렸다. 모든 것이 떠나간 것이다.

나는……, 나는 알아차린다, 나는 이해한다, 나는 인식한다, 내 생각을 털어놓는다, 계획한다, 나는 할 수 있다……. 만약 이런 모든 것이 떠나갔다면 그건 그냥 숨 쉬는, 느낌만 남은 고깃덩이에 지나지 않는다. 그러나 고통을 느낄 수 있는 가능성은 남아 있다.

게르버 부인은 **경계에 선 인간**이었다. 삶의 경계, 죽음의 경계, 존재의 경계에 선……. 그녀의 실존은 인간됨의 경계에 있는, **극단의 존재**였던 것이다.

인간은 인간에 대해 어떻게 생각하는가?

내가 인간의 본질을 고민하게 된 외적 동기는 박사학위를 취득하기 위한 구술시험 때문이었다. 더 구체적으로는 그 당시 지도 교수가 시험 주제로 어떤 철학적인 것을 택했으면 좋겠다고 한 말 때문이었다. 하지만 어떤 주제도 떠오르지 않았다. 내면의 눈앞에는 게르버 부인이나 그 외에 만났던 요양원 식구들, 그러니까 **경계에 선 인간**의 모습이 떠나지 않았다. 그래서 인간의 본질을 다루는 학문이라 할 수 있는 **철학적 인류학**의 여러 문헌을 샅샅이 뒤지기 시작했다.

몇 주 동안의 읽기와 탐색 끝에 나는 아주 당혹스러운 상황에 처했다. 어디서도 **경계 위에 선 인간**을 찾을 수 없었던 것이다. 철학은 인간의 본질이 무엇인지, 그러니까 무엇이 인간을 인간답게 만드는지 규명하는 것을 추구한다. 내가 철학을 통해 만난 인간은 오로지 **삶의 온전한 격**을 갖춘 인간이었다. 젊고, 건강하고, 사고력과 행위능력이 있고, 대화가 가능한 사람들 말이다. 철학 어디에서도 심한 치매 환자라든가 혼수상태에 빠진 사람, 지적 장애인, 등이 벌어진 상태로 태어나거나 대뇌가 없이 태어나 회생 가능성이 없는 아이들은 찾아볼 수 없었다. 철학 책에서는 페터나 엘리아스는 물론, 아우베르거 부인이나 게르버 부인도 없었다. 내가 바라보는 것, **경계 위의 인간**은 거기에 없었다. 이런 사람들은 인간이 아니란 말인가?

고대의 위대한 사상가들은 인간을 지성이 있는, 그리고 공동체와의 관계를 통해 여타의 생명체와는 구분되는 존재로 묘사한다. 인간의 특별함은 이성적이고 사회적인 존재라는 데 있다는 것이다. 그렇지만 **경계 위의 인간**에게는 이 두 가지가 없다. 이성도 없고 관계를 맺는 능력도 없다. 생각하거나 말하는 것도 불가능하고 사회생활에 참여할 수도 없다. "고대 그리스인들"이 생각했던 인간상에서 **경계 위의 인간**은 도무지 설 자리가 없는 것이다.

중세에는 기독교적인 요소가 인간됨을 따지는 데 특히 중요한 역할을 했다. 올바른 인간은 기독교인이어야 했다. 믿음과 영적 성숙은 인간적인 존재에게 필수적인 것이었다. 그

러나 여기, 하느님과 신앙이 인간상의 기초를 이룬 여기에서
도, 생각할 수 있는 능력과 공동체 생활은 인간을 논할 때 핵
심적이다. 이런 점에서 보자면 인간의 자화상은 "옛날 그리
스인들"의 그것과 크게 다르지 않다. 다만 기독교적이라는
외피만 달라졌을 뿐이다. **경계 위의 인간**은 신앙을 가질 수
도, 기도할 수도 없다. 예배 역시 다른 이들과 함께 드릴 수
없는 것이, 예배에 참석하려면 기본적으로 지각 능력이 있
어야 하기 때문이다. 그리고 아주 소극적인 공동체 생활에도
참여할 수 없는 이유는 그 역시 "작동하는" 의식이 어느 정도
는 있어야 가능하기 때문이다. 우리가 만약 그를 우리 가운
데 둔다 할지라도, 그는 자신의 고립 속에 갇힌 채일 것이다.

근세의 인간상에서도 **경계 위의 인간**은 역시 배제된다.
근세의 인간상은 스스로를, 그리고 세계를 만들어낸 진정한
"행위자"로 자신을 이해한다. 15세기 말에 사망한 피코 델라
미란돌라[40]는 저서 『**인간의 품격에 관해**』에서 신이 인간에
게 다음과 같이 말하는 장면을 서술해 이 문제의 정곡을 찌
른다. "나는 네가 이 세상에 어떤 것들이 있는지 편안하게 둘
러보라고 너를 세상에 내보냈노라." 이 세계는, 여기서는 그
렇게 들린다, 인간을 위해서, 오로지 인간만을 위해서 그곳에
있는 것이다. "네 주변을 돌아보거라." 하느님이 피코에게 말
한다. "그리고 네게 편하게 활용하거라. 네가 원하는 대로 취
하고, 네가 하고 싶은 대로 행하라. 이 모든 것은 다 너를 위

해 만든 것이니!"

　나는 피코가 여기에서 한 이야기들에 엄청난 저항감을 느낀다. 인간의 지나친 자기존대와 무엇이든 할 수 있다는 오만함. 그것은 **경계 위의 인간**을 무시하는 것일 뿐 아니라 생명이 있는 모든 것을 복속시키고 자연을 파괴하려는 정신자세가 아닐 수 없다. 그러나 이것이 인간 스스로가 갖고 있는 인식이며, 이런 인식이 인간의 행동양식의 기초를 이루고 있다고 본다. 그래서 레오나르도 다빈치는 예전에 이미 이런 우울한 예언을 했는지도 모른다. 인간은 자기만족을 위해 모든 살아 있는 존재에게 죽음이라든가 억압, 공포를 가져오거나 또는 도망가게 할 것이라는 예측 말이다. 그 암울한 전망은 동물을 그토록 사랑하고 삶 내내 어떤 식으로든지 **경계 위에 선 인간**으로 살았던 내 동생 위르겐 이야기에서 소개한 바와 같다.

　피코는 자연계에서 인간이 아닌 생물체는 "우둔하고 감정이 없는" 존재로 지칭하는데, 이런 생각은 인간의 인식 세계 속에 그대로 자리 잡은 것 같다. 서양 철학에 깊은 발자취를 남긴 데카르트[41]도 인간이 아닌 생명체를 기계 혹은 이와 유사한 존재로 보았다. 과학자들은 동물을 연구 대상으로 삼아 산 채로 나무판에 못 박고 해부했다. 오직 사람만이, 행위자이며 창조자인 사람만이 유일하게 영혼을 가졌으며 느낄 수 있는 능력을 갖춘 존재라고 인정됐다. 그 외의 피조물들은 해부용 칼 아래서 비명을 지를지라도 영혼이 없는 존재로 취급당한다. 과학자들에게 피조물들의 비명 소리는 고작해야 톱니바퀴가 끽끽대는 소리 이상도, 이하도 아니다. 간디가 지적한 것처럼, 우리는 인간상이 만들어낼 수 있는 인류의 가장 어두운 장을 목격하고 있는 것이다.

그렇다면 **경계 위의 인간이란**? 인간을 생각하고 행동하는 존재로만 보는 세계에서 그런 인간은 당연히 존재하지 않는다. 게르버 부인은 자기 자신에게나 자기를 둘러싼 세계에서나 아무 의미가 없는 존재다. 그녀는 스스로에게조차 간여할 수 없고, 자기 존재를 표현해내지도 못한다. 하느님과 대화를 나누지도 못하며, 이 세계를 향해 이렇게 물어보는 것은 더구나 엄두도 내지 못한다: "이웃으로서 나는 그럼 이 세상에서 무엇을 해야 좋겠습니까?" 그녀는 과연 누구이고 어떤 존재란 말인가? 보통의 고양이나 개 또는 도살장의 동물보다 인식 능력이 떨어지고, 감각 능력도 없는 이 사람은 도대체 누구인가? 왜 피코의 하느님은 **스스로** 인간임을 인정하는 이 인간, **경계 위의 인간**을 거부한단 말인가? 어떠한 이유에서든지 이건 옳지 않다고 보인다. 만약 피코와 데카르트가 게르버 부인의 병상을 지켜봤더라면, 그들은 인간을 어떻게 생각하게 됐을까? 한 인간, 생각하거나 말하는 것은 물론 자신의 세계를 새롭게 구축하는 것을 엄두도 내지 못하고, 눈썹 하나 마음대로 움직이지 못하는 한 인간을 지켜보았더라면 말이다.

결론을 내자. 현대의 인간 이해에서도 **경계 위의 인간**은 찾아볼 수 없다. 인간은 여타의 동물과 비교해 스스로를 일종의 "결함 있는 존재"로 생각한다. 짐승과 비교해 인간은 본능적 육감이 약하고 자연에 적응하는 능력도 떨어진다. 동물로 치자면 이빨 없는 상어요, 발톱 없는 호랑이, 날카로운 눈이나 날개가 없는 독수리라고나 할까? 그러나 인간은, 인간의 자기이해에 따르면 "세상을 향해 열려" 있고 사고력과 이성, 지성을 소유했다. 이러한 능력이 결함들을 상쇄하고 삶을 **독립적인 존재**로서 꾸려갈 수 있게 한다.

그러나 여기서도 **경계 위의 인간**은 설 자리가 없다. 그역시 "결함 있는 존재"지만, 그 결함을 다른 무엇으로도 상쇄할 수 없는 것이다. 지팡이가 마비된 육체를 대신할 수 없듯정신은 그 누구도, 그 무엇으로도 도울 수 없다. 그의 역사는그의 미래처럼 사라져버렸다. 그는 자신이 죽을 것이라는 사실조차 알지 못한다. **경계 위의 인간**은 수많은 철학적 논술을향해 이런 질문을 던진다. "나는 어디에 서 있는가?" 그리고 수많은 철학적 논의를 이렇게 비난할 수도 있을 것이다. "당신들이 그 싸구려 개념과 정의 들로 골머리를 썩였다 하더라도 그게 나와 무슨 상관인가? 내게는 아무런 도움도 되지 않는데.자, 나를 보아라. 여기 내가 있고, 이토록 **고통받고 있는데**!"

오늘날 **경계 위의 인간**은 주로 요양원에 누워 있다. 그는 인간이 스스로를 정의하는 개념에 전혀 맞지 않는다. 정의한다는 것은 결국 구분 짓고, 경계를 명확히 하는 것이다.

인간이 자기 책임하에 행동하고, 그 능력을 근거로 지구상의 어떤 존재보다 스스로를 가치 있게 여긴다는 점에서 본다면 인간의 자기이해는 옳다고도 할 수 있다. 그러나 여기 똑똑한 고래 한 마리가 있다고 치자. 내가 자기보다 더 잘 생각할 수 있다는 게 그 고래에게 무슨 상관일까? "그래, 좋아." 혹시 그 고래가 이렇게 이야기할 수도 있을 것이다. "알았으니까 이제 잠수하게 좀 놔두라고!" 숨을 참아봤자 기껏해야 1~2분인 **우리들**에 대해서 **그는** 어떤 생각을 할까? 어느 조용한 순간에 그는 이렇게 반문할지도 모른다. 어떻게 인간들은 아무런 연민이나 동정심 없이 우리 몸에 작살을 꽂을 수 있지?

이른바 "지성"이 어떤 존재를 다른 존재보다 더 가치 있게 만들어주는 것은 아니다. 종교 저술들을 기반으로 본다 하더라도 마찬가지다. 종교 서적 역시 우리 인간이 쓴 것이다. 그리고 후세에 이어 쓰고, 베껴 쓰고, 옮겨 쓰면서 결국은 우리 마음에 드는 대로 쓴 것들 아닌가? 우리가 가진 인간상은 온전한 사실을 반영한다기보다는 만들어지고 주장되어진 것이다. 내가 보기에 이건 결국 우리가 하고자 하거나 할 수 있는 일들을 정당화하기 위해 동원된 사이비 학문의 횡포 이상 아무것도 아니다. 지금까지 제시된 인간상들은 대부분의 인간이 아니라 **모든** 인간에게 적용돼야 하는 인간의 **본질**을 포괄하지 못한다. 그것은 전형적인 인간상을 묘사했을 수는 있어도, 여기서 배제되는 인간의 문제를 해결하지는 못한다. 전

형적인 것의 경계 밖에 있는 존재들은 누구이며 어떤 이들인
가? 그리고 그들을 향한 우리의 행동은 어떤 의미가 있는가?

인간의 또 다른 모습

지금까지 철학은 **경계 위의 인간**이란 존재를 그 본질에
있어서 이성적 존재인가 또는 신과의 관계는 어떠한가라는
기준으로 다루어왔다. 다른 방식으로 파악하자면 어떻게 할
수 있을 것인가?

그래서 나는 이제 **경계 위의 인간**을 분석하기 위해 **기초
적 인류학**의 힘을 빌리고자 한다. 즉 인간적인 실존의 모습을
일반적이고 광범위하게 묘사하고자 한다. 그래서 내가 평생
동안 마주한 사람들에게도 인간으로서 설 자리를 만들어주
고 싶다. 그렇다고 인간을 여타의 동물과 구분하려는 시도에
굴복하고 싶지는 않다. 지금까지 인간 묘사의 주요한 전략은
일단 사람을 동물로부터 분리해내는 것이었다. 그러나 이러
한 경계 짓기는 무의미한 것으로 밝혀졌다. 오히려 경계 짓
기가 인간이 이 세상에 무수한 고통을 안기는 윤리적 기초를
제공했기 때문이다.

우리는 **경계 위의 인간**까지 인간으로 포용하는 더욱 근
본적인 인간상으로, 완전히 다른 시각으로 세상에 존재하는

모든 피조물을 바라보아야 한다. 겸손함과 공감 능력을 갖춘 눈으로 말이다. 이렇게 한다면 인간이 지금까지 발견한 것과는 다르게, 무엇은 해도 되고 무엇은 하면 안 되는지에 대해서 완전히 다른 답을 찾게 될 것이다.

이제 **경계 위의 인간**을 묘사해보겠다. 이 묘사에는 네 개의 근본적인 존재적 특성이 있다. 그 외에 지금까지 철학 논문들에서 지적해온 모든 특성은 무시되거나, 단편적으로 찾아볼 수 있을 것이다. 네 개의 특징이란 **육체를 가졌고, 타인의 도움을 필요로 하며, 고통을 느끼는 능력**(또는 생생한 아픔을 느끼는 상태)**이 있다는 것**, 그리고 **유한성**이다. 이 특징들은 한눈에 알 수 있듯이 비단 **경계 위의 인간**에게만 해당되는 특징이 아니다. 이 세상 모든 인간, 젊으나 늙으나, 아프거나 건강하거나, 모든 상태의 모든 인간에게 해당된다. 한발 더 나아가 이 징표들은 **느낄 줄 아는 모든** 존재, 그러니까 인간 이외의 존재들에게도 해당된다. 이 기초적 인류학은 존재들을 분리하기 위해서가 아니라 서로 함께하기 위해서 존재한다. 분리가 아닌 통합을 위한 시도다. 그리고 내 생각에 이것은 불가피하다.

육체를 가졌다는 것

내가 사람이라는 사실은 우선, 그리고 근본적으로 육체

를 가졌다는 사실에서 출발한다. 육체를 **가지고 있으므로** 내가 **존재**하는 것이다. 이는 육체를 가졌다는 것을 더 이상 느끼지 못하거나, 내 몸에 대해 생각하지 못한다 하더라도 변하지 않는 사실이다. 저명한 철학적 인류학자 헬무트 플레스너(1892~1985) 역시 이것을 인간의 주요한 특성으로 보았다. 인간은 언제나 "명확한 형태로 타인의 옆이나 뒤 또는 위에 서는 것이지, 사람의 속에" 서게 되지는 않는다는 것이다.

플레스너가 이를 통해 말하고자 한 것은 우리가 우리 몸과 **관계 맺는** 능력—인간 이외의 동물과 다른 능력—이었다. 플레스너는 몸과 저쪽—말하자면 그 몸 안에 사는 '나'라는 존재—과의 명백한 거리에 관해서 지적하고자 했던 것이다. "여기에 내가 있고, 저기에 내 몸이 있다."

여기서의 "나"란 분명 "정처없는 존재"다. 여기서 인간은 아직 제 몸 속에 제대로 자리 잡고 있지 못하다. 그러나 그것은 결국 인간이 자신의 이해력에 따라 정처를 찾아야 하고, 또 그렇게 할 수 있다는 것처럼 들린다.[42]

영적인 관점에서 우리 육체가 원래 우리의 집이 아니라는—최종적인 집은 더더욱 아니다—이 견해에 전적으로 동의하고 싶지만, 플레스너의 사상에서 나는 이 사상가의 삶에 문제가 있다고 느낀다. 자신의 육체에서 소외된 사상가의 삶의 문제.

우리 삶의 현실에 비추어볼 때 이런 사고의 유희는 별

의미 없는 것이다. 만약 우리가 거리에 나가 아무나 지나가는 사람을 붙잡고 당신은 어떤 사람이냐고 묻는다면, 그리고 무엇이, 어떤 점이 당신을 당신이라는 사람 또는 당신 같은 사람으로 만드는지 설명할 수 있느냐고 묻는다면 어떤 대답이 돌아올까? 아마 누구도 이렇게 대답하지는 않을 것이다. "자, 보시오. 여기 당신 앞에 서 있는 이 몸뚱이 말이오. 이게 나요. 그리고 이 몸뚱이는 아무개라는 이름을 달고 있고……." 아니다. 이렇게 말하지는 않을 것이다. 누군가는 틀림없이 먼저 이름부터 말할 것이다. 그러고는 절대로, 몸뚱이가 없으면 이름을 걸 수도 없을 테니 이 이름이 자신의 몸에 걸린 표지판이라고 말하지는 않을 것이다.

육화되어 있다는 것이 우리들 존재의 드러나 보이는 측면이다. "당신은 누구십니까?"라는 질문에 논의 주제로 삼게 되지는 않을. 그러나 이것이 동시에 의미하는 바는 다음과 같다: 우리의 자기이해 속에는―의식하든 하지 않든, 밖으로 내뱉든 내뱉지 않든―육체가 먼저 나선다는 것이다. 만일 내가 "나"를 말하며 나를 가리키고자 할 때 내 손은 내 가슴을 건드리게 된다. 우리의 가장 기본적인 본능은 바로 이 육체성과 긴밀히 연관되어 있는 것이다. 만약 누군가가 죽음의 공포를 경험했다면, 아마 자신과 자신의 몸 사이에 아주 강력한 감정적 연결을 느꼈을 것이다. 죽음의 공포에 직면해서 우리 몸과 우리는 하나가 된다, 여기서 공포는 스스로 육체적인 성격을 갖는다. 매일매일 일상에서 "나는 육체를 가졌다"는 것과 "나는 육체다!"라는 것은 구분되지 않는다. 그만큼 육체와의 동일화가 매우 강력한 것이다. **육체를 가졌다는 이유 하나로 우리가 존재하는 것이다.** 육체란 확실히 우리가 존재한다는 사실을 명백하게 보여주는 외형적 징표다. 사람이 육체를 가진 존재로 이 세상에 등장하고, 다른 사람들 앞에 육체를 가진 존재로 선다는 것이 의미하는 바는, 우리의 관계 맺기 역시 무엇보다 우리의 육체성을 통해 결정된다는 것이다.

대부분의 사람은 지적으로 자신의 육체와 "관계 맺기"가 가능하기 때문에 그들의 "정처 없음"은 전혀 본질적인 존재의 징표가 아니다. 인간이 육체를 가졌다는 것은 모든 존재와의 공통점이다. 그동안 얼마나 많은 과장이 있었는가? 그건 단지 인간에게 커다란 인식 또는 지각 능력이 있기 때문에, 그러니까 생각할 줄 알기 때문에 다른 동물들과 달리 존귀하다는, 오래된, 만족스럽지 않은 논쟁일 뿐이었다. 그렇지만 **경계 위의 인간**인 게르버 부인은 생각할 수도, 믿을 수도, 희망을 품을 수도 없었다. 그러나 그녀 역시, 비록 망가졌다고는 할지라도, 하나의 육체 속에 거처하고 있었다.

인류학적인 존재로서의 육체와 **윤리적** 개념으로서의 인간은 서로 밀접하게 연관되어 있다. 이것은 구체적인 사실로도 명확히 드러난다. 나의 어머니는 언제나 나의 어머니로,

구체적인 한 사람으로서 존재할 것이다. 그녀가 어떤 몸을 가지고 있는가와 관계없이 말이다. 그녀가 건강하거나 아프거나, 심한 치매이거나 설사 의식 불명 상태라 할지라도 그녀가 내 어머니라는 사실에는 아무 변화가 없다. 살과 피로 이루어진 육체적 존재인 나의 어머니는 하나의 인간이며 그로 인해 윤리적(또는 비윤리적) 행위의 주체가 된다. 그녀는 스스로 의식하건 못 하건 관계없이 내 어머니다. 설사 그녀가 깊은 치매에 빠져 "당신은 누구신가요?"라고 묻기 위해 눈을 깜빡이게 되더라도 그녀가 나의 어머니라는 사실에는 아무 이상이 없는 것이다.

만약 우리가 인간이기 위해 육체성보다 더 높은 요구 조건을 내건다면, 예를 들어 이성이라든가 자율성, 도덕적 품성 또는 신에 대한 경건함 같은 조건들을 충족시켜야 인간이다라고 한다면 어떻게 될까? 아주 간단하다. 그것은 이런 조건들을 충족시키지 못하는 모든 인간을 향해 이렇게 말하는 것과 같다. 여러분의 인간성은 부정될 것이며 사회의 보호와 개인의 존엄성을 보장하는 공동체로부터 완전히 고립될 것이라고 말이다. 이러한 논리를 따른다면 심한 치매에 빠진 내 어머니는 **비-인간**Nicht-Menschen의 범주로 떨어지고, 공동체로부터의 보호와 존엄성도 잃게 된다. 이렇게 해서 그녀는 **아직-인간**Noch-Menschen들의 손에 넘겨진다. 지구상의 **모든** 비-인간이 아직-인간의 손에 넘겨지는 것처럼. **고래**라는 이름을 가진 비-인간의 몸뚱이에 우리 아직-인간이 작살을 꽂아 넣고 있다는 것은 언제라도 증명할 수 있는 사실이다.

내가 **아직-인간**이라는, 보통은 쓰지 않는 말을 사용하는 이유는, 인간에 대한 너무 높은 정의가 오늘의 나는 **아직** 인간이도록 놔두지만, 만약 내가 내일 의식 불명 상태에 빠지거나 치매에 걸리면 당장 나를 비-인간으로 만들 것이기 때문이다. 다른 말로 하자면, 지나치게 "높은 요구를 담은" 인류학(그 본질에 있어서는 잘못된 인류학일 수 있는)은 모든 이를 상대적인 인간으로 만들고, 우리를 육체적·정신적 상태에 종속적인 존재로 설정한다는 것이다. 상태란 시간에 따라 변할 수 있는 것인데 말이다. 말하자면 그때그때 적용되는 사고 형태에 따른 "시한부 인간"이 된다는 것이다. 이것은 어딘가 멍청한 짓 아닌가?

인류는 이러한 짓을 역사상 끊임없이 반복해왔다. 만약 우리가 인류학적으로 인간을 고찰하기 위해 육체만을 인간의 유일한 범주로 인정한다면—그러나 그 육체란 것도 매우 다양한 형태로 나타난다. 백인이냐, 흑인이냐, 홍인종이냐, 황인종이냐 따위—그것은 잠정적으로 잔혹함의 출구를 열어주는 것이다. 만약 누군가가 현재 통용되는 유형에 해당하지 않는다면 그는 열등한 존재가 되고, 주체가 아니라 객체, 인간의 대상물이 된다. 이것은 노예제도를 옹호하거나 억압과 인종주의를 정당화하는 논리적 근거가 되기도 한다.

인류학적 표본이란 예를 들면 이런 것이다. "인류란 이성적인 존재이며 이런 존재들은 그리스나 로마에서만 산다." 이렇게 되면 그리스인이나 로마인이 아닌 사람은 야만인으로 규정돼 사람들이 마음대로 할 수 있는 객체로 전락한다. 만약 통용되는 유형이 "인간이란 흰 피부를 가진 존재를 말하는 것이다"라고 한다면, 이것은 유색인종을 노예화할 수 있는 문을 열어주는 것이나 마찬가지다. 만약 "인간이란 기독교인임을 말한다"라고 한다면 이것은 아메리카 원주민들에 대한 유럽인들의 인종 말살을 정당화하는 논리로 인용될 것이다.

따라서 근본적인 문제는 이 하나의 질문으로 귀결된다. "누가 또는 어떤 것이 인간으로 유효하다고 인정되는 것인가?" 그리고 이로부터 — 물론 그것은 지성적으로나 윤리적으로 정당화될 수 없는 것이지만 — 비-인간에게는 하고 싶은 대로 해도 상관없다는 잘못된 주장이 도출된다. 이런 주장들로 보면, 인간이 아닌 존재에 대한 우리의 잔인한 태도는 결국 인종주의적 사고의 전복된 형태에 다름 아니라는 것이 드러난다. 너는 비-인간이기 때문에 아직-인간인 나는 너를 하고 싶은 대로 이용해먹어도 된다는 말이다. 동시에 비-인간인 너희 수백만, 수천만을 도살장이나 실험실을 비롯해 이 세상 수많은 곳에서 죽인들 어떻겠냐는 말이다. 미국의 윤리철학자 피터 싱어는 이런 생각을 "인종주의"란 개념에 빗대어 "종種주의"란 개념으로 표현했다. 그는 이 표현을 씀으로

써 인종주의와 종주의가 같은 사고방식에서 나왔다는 사실
을 명확하게 보여주었다.

이 문제가 핵심적인 것이므로—다른 범주들은 모두 여
기서부터 파생되는 것이기 때문에—다시 한 번 정리한다면
이렇다. 아주 기본적이라 할지라도 몸을 입고 있다는 사실,
이것이 인간을 인간답게 만든다. 만약 여기에서 더 많은 것
을 요구한다면 우리는 갈림길에 서게 된다. 이 육화되어 있
다는 것으로부터 기본적인 인간상의 두 번째 특징이 표출된
다. 바로 타인의 도움을 필요로 하는 욕구다.

타인의 도움을 필요로 하는 것

우리는 무언가를 필요로 하는 존재로서 삶을 시작한다.
우리는 태어나고, 사랑받고, 양육되고, 교육받고, 보호받는다.
만약 그렇지 않다면 우리는 병들거나, 심하면 죽을 수도 있
다. 그리고 삶의 막바지에 이르러서는—물론 그때까지의 긴
시간 동안 자주 그러하지만—다른 사람의 도움과 수발을 필
요로 하게 된다. 몸을 가진 존재로서 우리는 홀로 존재할 수
는 없다. 자기 자신만 생각하고 자기 앞가림만 신경 쓰는 것
은 의미 없는 일이다. 인간은 근본적으로 관계성을 가진다는
것, 관계성이 인간의 근본적 특징이라는 것을 생각한다면 말

이다. 우리는 결코 고립된 존재가 아니며 타인과의 관계 속에서 살아간다. 자연과의 관계에서도 마찬가지다.

인간이 이성적 존재라는 사고가 보편적 설득력을 얻지 못하는 상황에서—이성적이지 않은 수많은 사람이 실제로 존재하는 상황에서—그렇다면 인간에게는, 비록 광범위한 의미로 통용되기는 하지만, 사회적 존재라는 다른 특징이 있다는 것을 말할 수 있다. 인간이 사회생활을 할 때 무조건 적극적이어야 할 필요는 없다. 아주 수동적으로 어떤 부분만 참여하더라도, 다른 말로 하자면 부분적 **존재**로 참여하더라도 인간은 여전히 사회적 존재다. 우리 모두는, 그리고 누구보다 먼저 **경계 위의 인간**들은 이웃의 관심과 호의, 동정심, 상부상조 정신에 의존하게 된다. **경계 위의 인간**의 있는 그대로의 **그런 상태**So-Sein—젖먹이거나 죽음을 눈앞에 두었거나—는 그것이 개인적인 것이든 사회적인 형태의 범위에서 일어나는 것이든 그들을 도우려는 이들이 **함께 있어주기**Da-Sein를 요구한다.

인간의 기본적 표징으로서의 타인의 도움에 대한 욕구는 인간이 몸을 입고 있다는 사실, 그리고 그런 인간이 수시로 빠져들게 되는 도움을 필요로 하는 상태, 병마에 쓰러지는 상황으로부터 파생된다. 노쇠해간다는 것, 그리고 이와 연관된 경험들이 동시에 인간의 세 번째 표징인 **고통을 느끼는 능력**을 만들어낸다.

고통을 느끼는 능력

　육체적인 것이든 심리적인 것이든, 고통이란 인간에게 언제든 가능하고 존재하는 한 수시로 찾아오는 현실이다. 다른 말로 하자면 이 세상의 고통은 언제까지고 피할 수 있는 것이 아니다.

　경계 위의 인간도 고통을 느끼냐고? 물론이다! 내가 경험한 바로는 그것은 의심할 수 없는 분명한 사실이다. 치매에 걸렸건 의식 불명 상태에 빠졌건, 고통은 언제나 가능한 것이다. 그가 과연 고통스러워하는지 불분명할 때라도 우리는 그가 고통스러운 상황이라고 가정해야 한다. 우리 시대 의료 과학 기술이 제공하는 계측된 수치(물론 그것들은 환자의 그때그때 상태만 알려줄 뿐이지만)상으로 환자가 고통을 느끼는지 아닌지 알 수 없을 때라도 그래야 한다. 아마 그 수치들은 잘못 측정된 것들일 수 있다.

　만약 우리가 아주 구체적인 사례들에서 나타날법한 고통들을 아예 무시해버린다면 어떤 일들이 일어날까? 아마 대부분은 어떤 존재를 비-인간으로 규정해버리는 입장에 서게 될 것이다. 인간이라면 육체를 가지고 윤리적이어야 한다는 좁은 규정에 갇힌 채 말이다. 누군가 우리에게 어떤 방식으로든 자기 상태에 대해 알리지 못하는 이가 있다면, 그가 실제로 고통을 느끼지 **않는지** 어떻게 알 수 있는가? 뇌파라는 것으로 그 당사자가 무얼 **겪고 있는지** 과연 알 수 있단 말인가? 의식 불명 상태에 빠진 사람이야말로 자기 상태를 말할 수 있는 사람보다 훨씬 우리의 도움, 함께 있어주기, 동정심, 고통을 줄일 수 있는 구체적인 것들을 필요로 한다.

이와 관련해서 한번쯤은 그 많은 임사 체험에 관한 증언들을 생각해볼 필요가 있다. 숱한 임사 체험이 말해주는 것은 이런 것이다. 전자 계측 장치들이 이른바 의학 기술적으로 "죽었다"고 판정하는 수치인 영素의 상태를 가리킬 때도, 당사자는 엄청나게 많은 내적 경험을 하고 있을 수 있다는 것이다.

전자 장비들에 의한 사망 선고가 얼마나 편협한 이해에 근거하는지, 예를 들면 최근 인기가 높은 미국의 신경외과 의사 이븐 알렉산더의 책이 잘 말해준다.[43] 그는 죽을병에 걸린 채 한 주간 육체를 이탈하는 매우 특이한 경험을 했다. 알렉산더는 이와 유사한 경험을 한 수많은 사람 중 하나일 뿐이다. 그러나 그에게 특별한 점이 있다면 이것이다. 뇌 전문의로서 그는 이 경험을 하기 전까지 정신이란 단백질 덩어리로 된 뇌의 산물일 뿐이라고, 말하자면 매우 복잡한 "인간이란 기계"의 단순한 "부가 생산품"일 뿐이라고 생각해왔다는 것이다. 오늘날 과학은 전자 계측 장치들이 아무런 뇌파도 잡아내지 못하면 그것이 바로 죽음이라고 말한다. 그러나 알렉산더의 경험은 그와 달랐다. 이것은 삶과 사물에 대한 알렉산더의 시각을 완전히 바꾸었다.

경계 위의 인간의 처지와 관련해서 이것은 모든 것을 의미한다. 중증 치매에 걸렸든 의식 불명 상태든 모든 계측기가 영을 가리키든, 우리는 그가 겪고 있는 것, 무엇보다 특히 고통을 느낄 가능성을 늘 가정해야 하며 그런 전제하에 행동해야 한다. 아주 구체적으로 예를 들면, 비록 예방적 조치라 해도 혹시 환자에게 있을지 모르는, 아니, 실제로 있을 고통을 줄여주기 위해서 진통제를 투여해야 한다. 나는 다시 한 번 게르버 부인의 경우를 상기하고자 한다. 그녀는 고통을 느끼고 있었지만 그것을 표현할 수 없었다. 옆에서 간병하는 이들도 그런 낌새를 눈치챘지만 막상 측정 기기에는 아무것도 나타나지 않았다. 결국 우리가 강력히 주장해 살펴본 결과 장 쪽에 염증이 있다는 것이 밝혀졌다. 그러니까 그녀는 염증 때문에 통증을 느끼고 있었던 것이다!

몸을 입고 있다는 것, 타인의 도움을 필요로 한다는 것, 고통을 느낄 줄 안다는 것, 이것들이 인간적인 삶을 이루는 기본적인 세 가지 사실이다. 이 사실은 모든 사람에게 공통적으로 적용된다. 미켈란젤로에게나 피코에게나 위르겐에게나 마찬가지다. 당신과 나, 게르버 부인에게도 물론이다. 그러나 이러한 인간 묘사에는 네 번째 요소가 빠져 있다. 우리가 몸을 입고 있다는 사실에서 연유하는 근본적인 사실이다. 그것은 바로 인간의 **유한성**이다.

유한성

　　육체는 점점 노쇠해가고 궁극에 우리는 모두 죽는다. 이건 따로 설명할 필요 없는 일이다. 우리는 그동안 입고 있던, 다양한 물질로 이루어진 육체를 벗어나게 된다. 육신이라는 껍데기가 결국 죽는다는 것은 우리가 태어나는 것과 마찬가지로 원초적인 일이다. 물론 회피할 수도 없다. 오늘날 과학은 자기가 하고 싶은 대로 뭐든 만들어낼 수 있다. 유전자를 조작하는 것은 물론 인간의 필요를 충족시키기 위해 "인공적인" 생명체를 만들어내기도 한다. 이 인공적인 생명체는 다른 생명체처럼 두려움과 고통을 느끼지만 인간을 위해 악용된다. 그러나 아무리 고도로 발전된 유전자 조작 기술이라 할지라도 아직 인간과 똑같은 생명체는 만들어내지 못한다. 육체적인 죽음을 피할 수 없는 것처럼, 존재의 기본 원칙인 **생명 자체**는 인간 스스로 만들어낼 수 없다. 보편적인 존재의 법칙은 여전히 유효하다.

　　이러거나 저러거나, 우리는 육체적인 죽음에 이르는 길을 똑바로 걷고 있다. 대부분 이런 사실을 피상적인 수준에서는 당연하게 받아들이지만(사람들은 말한다. "그럼요, 알고 있다니까!"), 진정으로 인식하고 있지는 않다. 살면서 죽음을 늘 의식하는 사람이 누가 있을까? 죽음을 의식하며 사는 삶은 매일매일의 삶 속에서 죽음을 새롭게 인식하는 것, 즉 죽음은 어느 때고 찾아올 수 있다는 것과 죽음은 언제나 내 곁에 있다는 것을 의식하며 사는 것이다. 만약 우리가 단지 "통과 여행 중"에 있다는 사실을 항상 인지한다면 아마 수많은 문제에 대응하는 방식도 분명히 다를 것이다. 죽음이라는 관점에서 본다면 어떤 일들은 상대적으로 아무것도 아닌 일이 된다. 만약 내가 내일 또는 다음 주, 아니면 내년에 죽는다는 것을 알게 된다면 과연 지금, 오늘, 내가 하는 일을 그대로 하고 있을까? 만약 내가 한 달 안에 죽게 되어 병상에서 과거를 돌아본다면 무엇을 가장 후회할까? 그렇다면 **지금** 무엇을 변화시켜야 할까?

어찌됐든 종말을 맞는다는 것은 모든 인간의 공통된 운명이다. 이 네 가지 요소들─**몸을 입고 있다는 것, 타인의 도움을 필요로 한다는 것, 고통을 느낄 줄 안다는 것, 유한하다는 것**─은 인간 존재를 규정하는 보편적인 특징이다. 지구상의 어떤 인간도 이 네 가지 요소를 갖추지 않은 자는 없다. 만약 인간이 인간이기 위해 갖추어야 할 요소로 이 네 가지 이상을 요구하는 이가 있다면, 그렇게 함으로써 수천만이 넘는 인간의 존재를, 즉 모든 **경계 위의 인간**을 인간세계에서 추방하고자 하는 것이다. 아주 간단하게 이해할 수 있는 일이다. 그러나 진짜 문제는 사실 이제부터 시작이다.

의미 없는 경계 긋기

누군가는 우리가 위에서 규정한, 단순한 인간상을 이루는 네 가지 요소에 이런 의문을 제기할 수 있다. 몸을 가지고 있다든가, 타인의 도움을 필요로 한다든가, 고통을 느낀다든가, 존재가 유한하다는 특징은 인간에게만 해당하는 것은 아니지 않느냐? 즉 다른 비-인간들에게도 마찬가지로 적용되는 것 아니냐 하는 것이다. 다른 말로 하자면 이런 기준에 따른다면 인간과 동물을 구분 짓는 것이 불가능하지 않겠느냐 하는 제기이기도 하다.

물론 그렇다. 만약 실존적 인간에 대한 묘사를 인간이 아닌 존재들과 구분 짓기 위해 하는 것이라면 이 비판은 당연히 맞다. 그러나 이 비판은 그들의 비과학성을 드러내는 것이기도 하다. 한 사물의 실재성을 묘사할 때 다른 사물과의 구분 짓기 문제까지 넘어서야 한다면 이것은 단순한 요구 사항 또는 주장에 지나지 않게 된다. 먼저 그 사물에 대한 묘사가 이루어지기 전에 이런 문제를 제기한다는 것은 말하자면 **선험적인**ª priori 주장이 되기 때문이다. 그리고 그것은 매우 비과학적인 태도다. 존재의 실체에 대한 탐구가 끝난 후에 나타나는 결과를 미리 특정할 수는 없다. 실체가 이러저러한 것이라고 **묘사**하려면 우선 그런 특성들이 먼저 **발견**되어야 한다. 그리고 이런 발견 작업은 "사람은 인간 이외의 피조물과 다르며 뛰어나다!"는 구분 짓기의 시도들이 웃기는 일일 뿐 아니라 우리 스스로를 이해하는 데 도움이 안 된다는 것, 특히 더욱 윤리적인 삶을 사는 데도 전혀 도움이 안 된다는 것을 솔직히 인정해야 한다.

고대부터 오늘날에 이르기까지, 인간의 특성을 묘사해 온 것을 보면 거의 예외 없이 인간이 다른 여타의 존재와 어떻게 **다른가**를 밝히는 데 집중해왔음을 알 수 있다. 여타의 존재라고 했지만, 사실 인간들은 아메바에서 고래에 이르는 온갖 것을 한 통에 몰아넣고 "동물"이라고 딱지 붙였을 뿐이다. 이런 모든 시도는 궁극적으로 동물뿐 아니라 게르버 부인이나 아우베르거 부인 또는 엘리아스 같은 수천만 명의 인간까지 간과하고 있다. 이른바 철학적 인류학이라는 데를 봐도 **경계 위의 인간**은 없다. 어떤 인간상도 "인간 존재"를 그 자체의, **본래의 특성만으로** 묘사하고자 시도하지 않았다. 그것은 방법론상으로도 문제가 있다고 보는데, 하나의 존재를 늘 다른 것과 대비해서 묘사하는 것, 즉 인간을 그 자체로서가 아니라 비-인간과 **구분하는 것으로서** 설명하는 것은 문제가 있다.

사람을 무엇무엇이 **아닌 것**으로 설명하는 것도 그다지 좋은 묘사는 아닌 것 같다. 그보다는 차라리 인간이 다른 존재들과 어떤 것을 공유하는지, 아니면 최소한 어떤 점에서 비슷한 것들 또는 많이 비슷한 것들이 있는지를 밝히는 것이 더 낫지 않을까?

　　고대부터 현대에 이르기까지 사람들은 무엇이 인간 존재의 근본인가 하는 문제를 밝히는 것을 어떤 이유에서인지 회피해왔다. 그 대신 외견상 눈에 띄는 몇 가지 **유형별** 특징을 묘사하거나, 인간을 비-인간과 구별 지으면서 많은 이에게, 아니, 대부분의 인간에게 해당하는 특성들을, 그러나 **모든 인간에게 해당되지는 않는** 특성들을 끄집어냈을 뿐이다. 태아나 유아, 건강하거나 아프거나, 정신적으로 심한 장애가 있거나 치매에 걸렸거나 혼수 상태에 빠진 인간에게도 공통적으로 해당되는 특성은 찾아내지 못한 것이다.

　　만약 인간을 짐승과 구분하는 방식으로 묘사하는 것이 충분히 의미 있고 학문적으로도 설득력 있다는 입장을 취한다 하더라도, 그가 궁극에 보게 되는 것은 허구일 것이다. 왜냐하면 오늘날에 와 그 어느 때보다 분명해진 것은, 동물도 느낄 수 있으며 어떤 동물은 놀라울 정도의 인지 능력을 가졌다는 것이 사실이기 때문이다. 이성이라든가 감성, 사회성 등의 지표로 건강한 성인과 동물 사이에 존재하는 정도의 차이를 말할 수는 있겠지만, 이런 지표들 자체가 비-인간에게는 아예 없다고 말할 수 없다. 피조물들 가운데 인간만이 특별한 지위 — 우리가 스스로에게 증정한 특별한 지위 — 를 차지한다는 생각은 매우 파괴적이다. 이런 생각으로부터 인간은 인간 이외의 다른 피조물들에 대해서는 우리 생각과 판단에 따라 마음대로 해도 된다는 생각이 나오기 때문이다. 이런 생각에 따라 사람들은 간단하게 주장한다. 호랑이, 고래, 원숭이, 돼지, 소는 우리보다 멍청하다(그리고 인간과 다르며, 가치가 덜한 존재다). 왜냐고? 이것들은 말할 줄도 모르고 책도 쓸 줄 모르니까. 인간과 다른 존재면서 약한 존재라는 것은 이들에게 치명적이다. 이들은 인간의 필요에 따라 착취당하고, 고통당하고, 이용당하고, 죽임당한다. **만약 우리가 느낄 줄 아는 비-인간을 이렇게 다루어도 좋다고 정당화한다면, 건강한 동물보다 훨씬 덜 감성적이고 인식 능력도 떨어지는** 경계 위의 인간들을 **보호해야 한다는 주장을 할 수 있는가?** 여기서 윤리학의 기초는 여지없이 무너지는 것이다!

이런 배경에서 지금까지 인간들의 자기묘사를 살펴보면 무엇보다 두 가지 지배적 특성이 명확하게 나타난다는 것이 명확해진다. 그것은 **무지**와 **교만**이다. 이 두 가지 특성은 그간 인간들의 파괴적 행태를 정당화한다. 바로 여기에 인간상의 윤리적 파괴력이 있다. 우리 스스로 이해하는 인간의 모습에 따라 지금까지 우리의 행동이 정당화되고 용인되어왔던 것이다. 의식하건 하지 않았건 이것이 우리 행동의 바닥에 깔려 있었다는 말이다. 그리고 그것은 결국 쓸모없는 피조물에 대해서는 좋지 않은 결과를 가져왔다.

자기이해의 기초를 이룰 뿐 아니라 행동도 지배하는 기존의 인간상은 더욱 유연해져야 한다. 그것은 모든 인간을 포괄할 만큼 **보편적**이어야 하며, 그러기 위해서는 자의적으로 또는 부당하게 높이 설정해둔 인간과 동물의 차이점들을 희석시키는 위험도 감수해야 할 것이다. 만약 인류학이 이런 보편적인 문제 제기에 대답할 수 없다면 인류학은 단지 인간의 전형적인 모습에 대해서만 묘사할 뿐이지 본질에 대해서는 아무것도 말해주지 못하는 것이 된다. **모든 존재에게 통용되는 본질적인 것은 거꾸로 각자 각자에게 본질적인 것이어야 한다. 만일 그렇지 않다면 그건 우선 논리적으로 잘못된 것이다.** 따라서 인간이 스스로를 묘사하기 위해 지금까지 기울인 모든 노력은 결국 허구에 지나지 않는다. 그들은 본질적인 것을 묘사한다고 했지만 실제로는 문제의 핵심 주변만을 맴돌고 있었던 셈이다.

윤리학의 결말

지금까지 인간이 자기묘사를 하는 데서 보여준 취약성이 단지 철학계만의 관심사라면 아무 문제가 아닐 것이다. "사상가들은 상아탑에 머리를 박아라!"라고 소리치고 끝날 수도 있다. 그러나 우리가 인간을 어떻게 이해하는가 하는 것은 철학적인 문제가 아니다. 그로부터 파생되는 것들을 볼 때 이것은 매우 현실적이고 실제적인 사안이다. 앞서 말했다시피 우리들의 자화상이 결국 이 세상을 대하는 행동의 기초가 되기 때문이다. **우리가 그것을 원하고 또 우리에게 허용된 것이기 때문에 우리는 우리가 할 일을 하고 있는 것이다.** 그래서 우리는 죽음을 목전에 둔 회복 불능 환자 게르버 부인이나 아우베르거 부인의 안락사는 금지하면서, 고통에 민감한 돼지들은 매년 6,500만 마리씩 도살하는 것이다.

할당량을 채우기 위해 허덕이는 도살장의 현실은 매우 잔인하다. 12퍼센트가 넘는 돼지들은 작업자의 손에 들린 전동 마취기로 충분히 마취되지 않은 상태에서 도살대로 넘겨진다. 자동화된 마취 장비가 있다 하더라도 여전히 3퍼센트 이상의 돼지들은 제대로 마취가 되지 않은 채 도살대에 오른다. 그러니까 꽤 많은 동물이 의식이 완전히 깬 상태에서 끓는 물이나 불꽃이 이글거리는 화로 속으로 집어던져지는 것을 겪는다는 말이다. 그러니까 내가 지난 25년간 요양원에서 돌봐온 사람들보다 더 감성적이고 인식 능력이 뛰어나며 사회적인 능력도 갖춘 존재들을, 고통을 느낄 줄 아는 존재들을 눈 깜짝할 사이에 산 채로 불태우는 것이다. 이것은 수없이 많은, 느낄 줄 아는 피조물의 대량 학대 사례 중 극히 일부분일 뿐이다.

오해의 소지가 없도록 분명히 말하겠다. 경계 위의 인간들 ― 다른 인간들에게도 마찬가지로! ― 은 보호받고 존중받아야 하며 존엄을 잃지 않을 권리가 있다. 그리고 우리 사회에서 이것은 원칙적으로 광범위하게 실현되고 있다. 비록 보건 의료 분야와 요양 분야에서의 지원이 불만스럽다고는 해도 우리 모두는 적어도 약자들에게 도움이 필요하고 또 도움받아야 한다는 데 동의한다. 그것이 사회국가를 지향하는 우리나라의 지향점이기도 하다. 구체적으로 **어떻게** 할 것인가에 대해서는 정치권 내부에서 끊임없이 싸우고 있지만 **"할 것인가?"**라는 문제에서는 모두 의견 일치를 보이는 것이다. **그러나 인간 이외의 자연적 존재들에 대해서는, 그들이 두려움과 고통 없이 살아가고, 자신을 마음껏 전개할 수 있는 고유의 정당한 권리를 인간이 어떤 이유로 거부할 수 있단 말인가?**

인간이 스스로 만들어낸 자기 모습을 통해 우리가 지구의 주인이고 모든 것을 발아래 복속시킬 수 있다고 믿게 만들 수는 있겠지만, 이것은 논리적으로도 취약하고 엄청난 편견으로 가득하며 학문적·과학적으로도 전혀 뒷받침될 수 없는 주장이다. 그 자화상은 모든 것을 **선험적으로** 판단한다. 그것은 통일적으로 존재해야 할 곳에 분리를 위한 선을 긋는다. 또한 온전한 것을 조각낸다. 그리고 대규모의 고통을 불러오는 윤리적인 재앙으로 이어진다. 이것은 누구도 부정할 수 없을 것이다. 인간이 스스로 만든 자화상은 인간을, 자신을 둘러싼 환경을 파괴하는 자로 만들어버린다. 이 파괴자로서의 모습은 인간이 더욱 나은 생각을 하는 존재로 바뀌지 않는다면 언젠가는 스스로의 생존 자원을 약탈하는 데까지 나아갈 것이다.

"단순한" 윤리학의 기초들

    윤리학이란 우리의 행위들, 해도 되는 일과 해서는 안 되는 일, 의무, 도덕, 할 일과 단념할 일 등을 다룬다. 이 대목에서 다시 한 번 우리 자화상의 네 가지 요소―육체를 가졌다는 것, 도움을 필요로 한다는 것, 고통을 느낄 줄 안다는 것, 유한한 존재라는 것―를 되돌아보자. 그리고 어느 지점에서 우리 행동에 대한 지침을 끌어낼 것인지 묻는다면 그리 어려운 문제는 아닐 것이다. 그러나 여전히 근본적인 바탕에 깔린 것은 무엇을 해야 하는가, 해도 되는 것은 무엇인가의 문제다.

    인간이 **몸을 입고 있다는 것**과 **유한한 존재**라는 두 가지 근본적인 사실은 우리가 바꿀 수 없는 사실이다. 이것은 너무 명확한 사실이어서 부연하고 자시고 할 것이 없다. 우리 행동이 자주 시험에 들게 되는 분야는 **도움에 대한 필요**와 **고통을 느낄 줄 아는 능력**, 이 두 가지 분야다. 다른 이가 우리의 도움에 의지하고자 하는 **도움에 대한 욕구**는 우리가 약자를 도와야 한다는 필요성, 나아가 개인으로서만이 아니라 사회적 차원에서도 이런 의무를 지고 있다는 것을 설명하는 근거가 된다. 그리고 **고통을 느끼는 능력**은 우리의 도움이 어떻게 이루어져야 하는가에 대한 중요한 단서를 제공한다. 즉 도움은 가능한 한 당사자의 고통을 줄여주거나 피할 수 있게 하는 방향으로 이루어져야 한다.

보편적인 인간상은 종국에 가서는 순전히 고통 지향적인 윤리학을 뛰어넘는다. 이 모델은 더 이상 세상을 인간과 비-인간으로 구분하지 않고, 배타적으로 인간에게만 자기발전과 고결함, 고통으로부터 자유로울 수 있는 권리(그리고 살아 있다는 것이 고통 외에 아무것도 아닌 인간들에게 인공적으로, 그들의 의사에 반해 억지로 연명하게 하는 일 따위)를 인정하지 않으며 느낄 줄 아는 모든 존재를 포괄한다. 그러한 모델은 우리들이 **경계 위의 인간**에게도 가능한 한 고통으로부터의 자유와 보호를 제공하고자 할 때 논리적으로 불가피한 것이다. 모든 일을 행함에 있어서 이 모델의 기본적 원칙을 따른다면, 우리는 다음과 같은 두 가지의 단순한 질문을 던져야 한다. 그곳에 누군가가―사람이거나 동물이거나 어떤 감정을 갖는 존재가―고통을 느끼고 있는가? 다음으로는 그 고통을 줄이거나 또는 처음부터 피하게 하려면 무엇을 할 수 있을까 물어야 한다. 우리가 경계 위의 인간에게 고통으로부터의 보호와 자유를 약속한다면 감정을 느끼는 다른 존재의 이런 욕구―고통으로부터 자유롭고 보호받아야 한다는 욕구―를 부인하는 논리적 근거를 찾을 수는 없을 것이다. 우리가 그것을 원하지 않는다면 말이다. 그리고 실제로 우리는 그렇게 할 수 있다. 이것은 잔인한 일이다.

근본적인 인간상의 배경을 살피면서 이 순전히 고통 지

향적인 사고들이 가져오는 결말들을 살피기 위해서는 아마 별도의 책이 필요할 것이다. 그러나 여기에서 제기된 문제의 식은 우리 사회의 많은 정치적 · 사회적 논쟁점들, 예를 들면 안락사 허용 문제라든가 임신 중절 문제, 태아에 대한 유전자 검사 같은 문제들, 그리고 각종 동물 실험이라든가 환경 남획과 파괴, 대량 사육과 대량 도살, 자연의 이용과 오염, 지구온난화 등 수많은 쟁점에 질문을 던진다.

이런 문제들에 대한 우리의 태도는 어떻게 바뀌게 될까? 만약 우리가 더 이상 유지될 수 없는 인간의 자기묘사 —앞에 언급한 것처럼—에 근거한 인간적 존재로서의 시각이 아니라 이런 질문 앞에 선 존재로서라면, 위와 같은 일들을 함에 있어 발생할 수도 있을, 또는 피할 수 있을 고통이라는 관점에서 봤을 때, 우리의 행동이나 포기는 어떤 의미가 있을까?

우리가 지금 하는 일은 우리가 할 수 있고 원하는 일이었기에 하는 것이다. 오늘날 인간의 자화상이란 그 핵심에 있어서 여전히 그대로다. 우리 인간이 지금까지 한 일이란 자기가 하고 싶은 일을 해도 되는 일로 만들어온 것이다. 우리는 스스로에게 자유 통행권을 내준 것이다. 수천 년 동안 우리는 스스로를 부단히 속였고 막상 절실한 질문들에는 대답하기를 피해왔다. 우리는 지금 하는 일을 왜 하는가? 우리에게 허용된 일은 정말 해도 괜찮은 일들인가? 우리는 지금 왜 여기에 있는가? 우리 삶의 목적은 무엇인가? 우리는 도대체 누구인가?

이제야말로 진지하게 거울 속을 들여다봐야 할 때다. 그간 나는 치매 환자, 죽어가는 사람과의 만남, 아울러 이 세상의 고통들을 대면하면서 위의 질문들에 대한 답이 반드시 필요하다고 느꼈다. 보편적인 인간상은 인간의 영적 철학이 이끌어온 것처럼 사랑으로, 공감과 용서, 선의가 있는 곳으로 우리를 이끌 것이다. 우리 모두는 거대한 전체의 한 부분일 뿐이라는 깨달음과 그것을 인정하는 쪽으로 이끌어갈 것이다. 인간과 진실 사이에 벽을 쌓아온 제도들에 사로잡히지만 않는다면 말이다.

아주 근본적인 인간상은 우리를 더욱 조심스러운 존재로 만들 것이다. 이 세상으로부터 제기되는 여러 가지 도전을 돌아볼 때, 이보다 더 중요한 것이 어디 있겠는가 하는 것이 나의 생각이다.

· 감사의 말 ·

              더 이상 나는 책 속 이야기의 무
대였던 요양원 원장이 아니다. 드디어 25년 만에, 끝없이 기
력을 소진시키는 책임으로부터 자유로워졌다는 데 감사한
다. 아울러 이 이야기를 쓸 수 있도록, 인간에 대한 생각을 나
누고 정리할 수 있도록 도와준 많은 이에게 감사한다.

    우선 dtv 출판사의 베티나 렘케와 카타리나 페스트너를
비롯해 모든 동료의 크나큰 헌신에 감사한다. 함께하는 이
작업을 통해 나는 매순간 그들의 적극적인 참여를 느낄 수
있었다.

    초고를 읽고 의견을 보내준 친구들에게 감사한다. 게르
하르트 리만, 토마스 쉘딜레 박사, 폴크마르 뮐러, 디터 자이
델 박사, 카타리나 칼크너, 그리고 이 책에 언급된 대부분의
사람을 알고 있는 클라우스 스쿠반에게도 당연히 감사한다.

아주 특별한 의식 상태의 경험을 나누어주고, 그에 대해 쓰는 것까지 허락해준 쿠르트 핑크에게도 감사 인사를 전한다.

그러나 가장 특별한 감사는 부모님께 드려야 할 것 같다. 우리는 같은 일을 하면서 늘 서로의 편이 되어 함께해 왔다. 부모님은 동생의 죽음을 이야기하는 것에도 동의해주셨다. 내 동생에게도 감사한다. 그가 지금 어디에 있든 상관없이 말이다.

마지막으로 인생의 동반자 실비아에게 감사한다. 실비아는 이 이야기들을 모두 읽었을 뿐 아니라 그보다 훨씬 더 많은 이야기를 들어주었다. 그것이 쉬운 일은 아니었으리라는 것을 나는 안다.

2014년 1월, 펜츠베르크에서

젊어서는 "인간"보다 "사회"가 먼저 눈에 들어왔다. 인간들의 사소한 오욕칠정보다는 사회의 안녕과 건강에 더 마음이 쓰였다. 나이가 들어가면서는 다시 "인간"에 눈이 간다. 숲을 이루고 다들 서 있지만 자세히 보면 굽은 나무, 상처가 군데군데 옹이로 박힌 나무, 큰 나무의 그늘 밑에서 그 나무보다 먼저 잎을 피우고 먼저 떨구는 나무, 풀인지 나무인지 애매한 나무 등등. 숲을 지나오며 미처 세세히 보지 못한 나무들이 눈에 들어오는 것처럼 이제 사람이 보인다. 이 책은 그런 사람들, 특히 사람으로서는 "경계"에 서 있는 사람들에 대해 말하고 있다.

이 책에는 삶과 죽음을 넘나드는 다양한 인간 군상이 나온다. 치매 환자, 혼수상태의 환자, 알코올중독자 등등. 독일의 한 요양원에서 근무하는 지은이는 다양한 치매 환자들을 가까이에서 지켜보며 환자 본인은 물론이지만 그들보다 더 심한 고통을 겪고 있는 가족들의 이야기에도 주목한다.

치매가 깊을수록 당사자는 즐겁고 신난다고 한다. 과거에 대한 기억도, 미래에 대한 고민도 모두 사라지고 눈앞에 보이는 현실만을 살기 때문이다. "그러나 환자의 주변에 남겨진 사람들의 경우, 가까운 이가 정신적으로 점점 죽어가는 것을 지켜보아야 한다는 것은 끔찍한 일이다."

부모가 치매에 걸린 경우보다 부부 사이에서 어느 일방이 치매에 걸렸을 때, 그 가족이 겪는 고통은 더 심하다. "부모가 노쇠해져서 무너지는 것도 자식으로서 견디기 힘든 일이겠지만, 평생을 함께 같은 침대에서 잠들고 아침을 함께 맞이한 배우자가 치매에 걸려 더 이상 자기를 알아보지도 못한다면 그 고통은 엄청날 수밖에 없을 것이다." 아침에 옆자리에서 눈을 뜬 남편이 "안녕, 좋은 아침! 그런데 누구……?"라고 말할 때 그 아내의 표정은 어떠했을까? 그는 이제 더 이상 그녀가 한때 알고 사랑했던 그 남자가 아닌, "그냥 옛날 몸통 속에 들어 있는 낯선 사람"이 되어버린 것이다.

치매는 이제 더 이상 남의 이야기가 아니다. 초고령 사회로 접어들고 있는 한국 사회에서도 치매는 이제 개인적인 문제가 아닌 사회적인 문제다. 보건복지부가 2012년에 실시한 "치매 유병률 조사"에 따르면 65세 이상 노인의 치매 유병률은 9.18퍼센트로 나타난다. 65세 이상 인구 100명 중 9

명이 치매에 걸린다는 말이다. 2012년에 54만 명으로 추산된 치매 환자는 2030년에는 127만 명, 2050년에는 271만 명으로 예상되며 20년마다 두 배씩 증가할 것으로 예측되고 있다. (최근 한 보도에 따르면 2014년 말의 치매 환자는 65만 명으로 추산된다.)

그러나 우리나라는 말할 것도 없거니와 복지 수준이 상당하다고 일컫는 독일에서조차 치매 환자의 간병은 아직도 많은 부분 가족의 책임으로 전가되고 있다. 지은이는 치매 환자들의 가족이 감당해야 하는 정신적인 고통 외에도 그들의 재정적 · 육체적 부담과 고통에 대해서도 말한다.

우리나라처럼 독일에서도 가족이 치매 환자를 집에서 돌보지 않고 요양원에 맡긴다는 것에 대해 사회적으로는 아직도 달갑지 않은 시선이 존재한다. 그러나 지은이는 "치매 환자를 오랜 시간 집에서 돌본다는 것은 자기 자신을 착취하겠다는 다짐과 준비가 있을 때만 가능한 일"이라고 말한다. 치매 문제는 국가와 사회가 적극적으로 나서야 하는 문제임에도 개인에게 많은 부분 책임을 떠넘기는 현실에 대한 지은이의 지적을 접하면서, 독일보다 훨씬 열악한 상황인 우리의 처지를 새삼 돌아보게 된다.

이 책은 표면적으로는 요양원을 찾는 치매 환자와 알코올중독자 등의 이야기를 하고 있지만 근본적으로는 삶과 죽음의 문제를 다룬다. 지은이는 우리에게 묻는다. 인간이 '살

아 있다'는 것은 과연 어느 수준까지이며, 어디부터를 죽은
존재라고 봐아 할 것인가? 나는 누구인가? 어릴 때의 나와
지금의 나는 같은 사람인가? 내 안에 있던 소년/소녀는 언제
사라졌는가? "나"는 누구이고, 무엇인가?

> 내가 나라는 것을 나타내는 것은 무엇인가? (…중략…) 나의 어떤 것
> 이 나를 나답게 만드는가? 내가 더 이상 내가 아니게 하는 경계는 어
> 디인가? _**본문 41~42쪽**

지은이는 삶이란 육체적 탄생과 함께 시작돼 신체적 죽
음과 함께 끝난다는 것을 받아들이지 못한다. "밤이 지나 낮
이 오고, 시든 꽃무더기 속에서 다시 꽃들이 피어나고, 겨울
은 봄에 자리를 내주며 물러가는 것처럼" 삶은 끝없이 순환
한다고 믿는다.

지금까지 이 땅에 살다 간 인류의 연인원이 900억 명 가
까이 된다는 이야기를 어디선가 읽은 기억이 있다. 만약 저
자의 말대로 삶이 육체적 죽음으로 끝나지 않고 순환되는 것
이라면 그 900억 명의 영혼은 모두 어디로 간 것일까? 문득
이런 의문이 떠오른다.

삶이란 것을 아주 단순화해서 본다면 들숨과 날숨 사
이, 바로 그사이의 것이 삶이다. 엄마의 자궁에서 나와 탯줄
을 끊고 첫 숨을 들이쉬면서 시작된 삶은 그가 마지막 내뱉

는 숨으로 끝이 난다. 그런 점에서 "숨이 끊어지다"란 표현은 독일어나 한국어나 모두 같은, 절묘한 표현이다. 이 들숨과 날숨 사이의 삶을 어떻게 만드느냐 하는 것은 각자의 선택이다. 물론 그 선택을 강제하는 상황이란 것도 있을 수 있겠지만, 동일한 조건에서도 각각 다른 실존적 선택을 하는 것이 또한 사람이다.

이 글을 쓰기 얼마 전, 나는 아주 가까운 친구의 갑작스러운 죽음을 겪어야 했다. 의리가 있고 다른 이들의 어려움을 못 본 척하지 못했던 친구, 자기보다는 주변 사람들과 일들을 먼저 챙기던 친구였기에 슬픔과 충격이 컸다. 그 친구를 이제 다시는 세상 어느 곳에서도 볼 수 없다고 생각하면 미칠 것 같았다. 부모님이 돌아가셨을 때나, 하나뿐인 형이 사고로 세상을 떴을 때도 내가 이토록 애통해했나 하는 생각이 들 정도였다. 나는 친구의 죽음이 왜 그토록 애통했던 것일까? 아마 그에게 받았던 사랑이 이제는 영원히 갚을 수 없는 부채로 남아 그랬던 것이 아닐까? 그렇다. 나를 영원히 빚진 자로 만들었기 때문에 그 친구 생각이 쉬이 떠나지를 않았던 것이다. 그 친구 생각을 하면서 지은이가 인용한 슈바이처의 말이 새삼 떠올랐다.

인생에서 유일하게 중요한 것은, 우리가 떠나야 할 때 남기고 가게 되는 사랑의 발자취다.

우리 모두는 죽는다. 이 당연한 사실을, 그러나 매일의 일상에서 의식하며 사는 사람은 많지 않다. 자신의 죽음에 대해 자주 생각한다면 우리가 보내는 일상이 조금은 달라지지 않을까? 조금은 더 겸손해지고, 조금은 더 여유로워지지 않을까? 잘 산다는 것은 무엇일까? 결국은 잘 죽기 위함이 아닐까? 이 책을 번역하는 내내 머릿속을 맴돌던 생각들이었다.

2016년 3월

정범구

주석

1 (옮긴이) 독일은 양심적 병역 거부에 따른 대체 복무를 폭넓게 허용하고 있다. 지은이도 대체 복무제의 일환으로 요양원 근무를 한 것이다.

2 (옮긴이) 제공하다·공급하다^{eingeben}, 먹여주다^{füttern}라는 단어 사이에 어떤 예민한 차이가 있는지 외국인으로서는 이해하기 어렵다. Gerhard Wahrig가 편찬한 *Deutsches Woerterbuch*(Mosaik Verlag, 1980)에 보면 "eingeben"은 "서류를 제출하다", "약을 먹이다"의 경우에 쓰이고 "füttern"은 주로 가축이나 반려동물에게 먹이를 주는 경우 또는 아기나 환자에게 음식을 먹일 때도 쓰인다.

3 (옮긴이) 브라트카르토펠른^{Bratkartoffeln}. 껍질 벗긴 감자를 삶거나 구워서 만드는 음식이다. 보통은 주요리에 곁들여 나오는 것으로, 독일인들이 자주 먹는 요리다.

4 (옮긴이) "perkutane endoskopische Gastronomie"의 준말. 직역하자면 "살 속으로 침투하는 식사용 내시경" 정도다.

5 (옮긴이) 조지 오웰의 소설 『1984』에 나오는 존재. 시민들의 일거수일투족을 감시한다.

6 (옮긴이) 개역개정판 요한복음 8장 58절.

7 (옮긴이) 저승을 의미한다.

8 (옮긴이) Peter Brian Gabriel. 영국의 록 음악가.

9 (옮긴이) 자아를 말한다.

10 Victor H. Mair(Hg.), *Das klassische Buch daoistischer Weisheit*, Aitrang, 2008.

11 (옮긴이) 무슨 뜻이 있다기보다는 운율에 맞춰 읊조리기 좋은 단어의 배열인 듯하다. 원문은 "Schirm, Schal, Kapperl rot und Handschuh."

12 Manuela Linnemann(Hg.), *Brüder, Bestien, Automaten. Das Tier im abendländischen Denken*, Erlangen, 2000, p. 45.

13 (옮긴이) 뮌헨에서 매년 9월말부터 10월초까지 열리는 맥주 축제.

14 Manuela Linnemann(Hg.), 같은 책, p. 134.

15 Manuela Linnemann(Hg.), 같은 책, p. 134 이하.

16 Manuela Linnemann(Hg.), 같은 책, p. 135.

17 (옮긴이) 뇌졸중^{腦卒中} 또는 뇌졸증^{腦卒症}은 크게 뇌경색과 뇌출혈로 분류된다.

18 (옮긴이) 원문은 "geistiger Umnachtung"이다. Umnachtung의 동사형 umnachten 은 "캄캄하게 하다"라는 뜻이다. 그러나 Umnachtung은 일반적으로 정신착란을 말한다.

19 (옮긴이) 원문은 "die Nacht"이다. 위의 Umnachtung과 연관지어 사용한 것.

20 (옮긴이) "하르츠 IV"는 슈뢰더 정부가 2002년부터 시행한 소위 "하르츠 개혁"의 일환으로 2004년에 도입되었다. 정식 명칭은 "노동시장의 현대적 서비스를 위한 네 번째 법률Das vierte Gesetz für moderne Dienstleistungen am Arbeitsmarkt"이며, 1년 이상 장기 실업자에 대한 지원을 대폭 축소하는 것이 주된 내용이다. 전반적으로 "하르츠 개혁"은 정부의 재정 부담을 줄이고 기업 경쟁력을 높이기 위해 노동시장 유연화와 복지 예산의 대폭 삭감을 지향한다.

21 (옮긴이) Georges I. Gurdjieff(1866~1949). 러시아에서 태어나고 프랑스 파리 에서 사망한 그리스-아르메니아 혈통의 신비주의 종교인이며 철학자이자 음 악가.

22 (옮긴이) 술집이나 음식점에서 가까운 친구끼리 자주 모이는 자리를 말한다. 여 기서는 요양 전문가들의 정기 모임을 의미한다.

23 (옮긴이) 8자 모양의 비스킷으로 겉에 소금 알갱이가 붙어 있다.

24 (옮긴이) 원문은 "Und ich liege 24 Stunden in der Scheisse!" 직역하면 "그리고 나는 24시간 동안 똥 위에 누워 있다"라는 말이다. "Scheisse"는 영어의 "shit"처 럼 비속어로 자주 사용되는데, 공식적인 모임에서 이런 단어를 사용한다는 점 으로 대회장 분위기를 미루어 짐작할 수 있다.

25 (옮긴이) 미국은 2003년 3월에 이라크를 침공한 뒤 후세인 정권 때부터 감옥으 로 쓰인 이곳을 이라크 포로 수용소로 사용했다. 아부 그라이브에서 자행된 각 종 가혹 행위가 폭로되면서 전세계의 비난 여론이 들끓었다.

26 (옮긴이) 원문은 "Pfleger." 전문적인 자격을 가지고 자격증을 소유한, 간호사 같 은 역할을 하는 남성들을 가리키는 용어.

27 (옮긴이) 요한계시록에 나오는 세기말 최후의 전쟁. 난장판 또는 웃을 수 없는 재앙적 상황을 여기에 비유해 표현한 것.

28 (옮긴이) 원문은 "Pflege-GAU." "GAU"는 "Groeßter Anzunehmender Unfall", 즉 최악으로 예상되는 사고를 뜻하는 문장의 약자다. 예컨대 원전 폭발 등의 경우 를 상정한다.

29 (옮긴이) 독일에는 TV 프로그램들을 소개하는 잡지들이 많다.

30 (옮긴이) "Only bad news are good news."

31 (옮긴이) Medizinische Dienst der Krankenkasse. 줄여서 "MDK"라고 부른다. 독 일의 각종 보험, 진료와 수가 따위를 관할하는 기관이다. 진료가 올바르게 진행 됐는지, 비용과 급여는 적정한지 등을 심사한다. 우리나라의 건강보험 심사평가 원과 비슷한 성격이다.

32 (옮긴이) 요양원 업무 특성상 직원들은 24시간 동안 교대로 근무를 선다. 저자가 제기하는 문제는 예컨대 모두가 자는 밤 시간대에 굳이 전문 인력이 필요하느냐 하는 것이다.

33 (옮긴이) 원문은 "(전략) von Vorschriften kranken Systems." 여기서 "kranken System은" 병원 제도/병든 제도라는 중의적 의미로 쓰였다.

34 (옮긴이) Teilkasko-Versicherung. 예컨대 독일의 자동차보험 중에서는 사고 발생 시 일정 금액 이하는 본인이 변제하도록 하는 상품이 있다. 이 경우 보험료가 조금 더 낮아진다. 이에 빗대어 말하는 것.

35 아주 고도의 간병 단계에 대해서만 세 차례의 완만한 인상 조치가 있었다. 어느 정도로 완만했느냐 하면, 그해 물가 상승률에도 미치지 못한 수준이었다. 요양보험 측의 급여 인상 조치가 있었다 하더라도 환자가 부담해야 할 몫은 더욱 커졌다는 말이다.

36 (옮긴이) "집중적으로" 다음에는 "치료"가 오는 것이 어법상 맞지만, 저자는 실체적 진실에 대한 관심보다 문서화에 목숨을 거는 관료주의를 조롱하기 위해 이런 표현을 쓰고 있다.

37 (옮긴이) 원문은 "Mystik." 이 단어를 『엣센스 독한사전』에서는 "신비교, 밀교密敎, 신비설" 등으로 번역하고 있으나 *Deutsches Wörterbuch*에서는 "준비된 고행을 통해 몰아 또는 무아지경에서 신과의 접촉을 시도하는 종교적 체험의 형태"라고 설명한다. 이 책에서는 이를 "신비주의"로 옮겼다.

38 (옮긴이) 요가의 경전 『요가수트라Yoga-sutra』를 썼다고 전하는 고대 인도의 수행자.

39 (옮긴이) 독일에서는 인문계 중등 교육 기관인 김나지움 13학년 과정을 마치면 졸업 시험 대신 대학입학 자격시험Abitur을 치른다.

40 (옮긴이) Giovanni Pico della Mirandola(1463~1494). 르네상스 시대 이탈리아의 철학자. 그의 책『인간의 품격에 관해』는 르네상스 선언이라고도 일컫는다. 그는 자유의지Willensfreiheit를 인간의 가장 주요한 특징으로 꼽았다.

41 (옮긴이) Rene Descartes(1596~1650). 프랑스의 합리주의 철학자. "생각한다, 고로 존재한다"라는 명제로 유명하다.

42 (옮긴이) 이 책에는 저자의 사고를 웬만큼 따라가지 못하면 이해하기 힘든 표현들이 군데군데 나오는데 이 문장의 경우도 그렇다. 인간이 자동적으로 자기 몸의 주인이 되는 것이 아니라 인식을 통해 가능하다는 말인 것 같다. 몸과 정신의 분리된 관계를 설명하려는 듯.

43 Eben Alexander, *Blick in die Ewigkeit. Die faszinierende Nahtoderfahrung eines Neurochirurgen*, München, 2013.